ルディ
ウィルムの相棒。巨大化して
人を乗せることも可能。
何かと頼れるすごいやつ。
リディア
伝説の鍛冶職人
デニスの孫娘。
武器を作る腕も、
扱う腕も一流。
なお極度のコミュ障。
レメット
大貴族アヴェルガ家の
お嬢様。
ウィルムを兄のように
慕っている。
アキノ
Sランク冒険者パーティー
【月光】のリーダー、
エリ・タチバナの娘。
愛用の武器は薙刀。

ソニル
身体能力に特化した
赤狼族の女の子。
天真爛漫で無邪気。
直感が鋭い。
ウィルム
本作の主人公。
お人好しな性格のためか、
いろいろと利用されがち。
ブラックな商会をクビに
なったのを機に、何でも
作れるクラフトスキルで、
セカンドライフを
謳歌しようと決めた。
ミミュー
ツインテールの
可愛い女の子だが、
れっきとした魔女の娘。
その素質はかなり高い。
MAIN CHARACTER
主な登場人物

第一章　はじまりの解雇通告

「……んあ？」

どれくらい寝ていただろう。

窓の外がうっすら明るくなっているってことは……朝かな。

体を起こすと、肩と腰に痛みが走る。

何時間も座って作業していたら、こうもなるか。

おまけに変な体勢で寝ていたのも悪かったみたいだ。

ほぐすように体を動かすと、バキボキと全身から音が鳴る。

日中は外で作業しているが、それでもここまで体が固くなるとは……おまけに頭痛までしてきた。

「そうだ……なんとか間に合ったんだった……」

ドノル王国南部、国内最大級の商業都市ネザルガにある商会事務所。

そこの一室――俺にとっての職場に置かれた俺の机。

得意先である貴族や著名な鍛冶《かじ》職人と、今日一日どのような業務に携わったか、それを事細かに記録して上司へ提出しなければならない。俺はそれを徹夜して作成していたのだが、どうやら寝落ちしたらしい。

毎度、これから帰ろうって時に「明日の朝一番に出せよ」なんて無茶ぶりを言うんだからなぁ……まるでいつも納期がギリギリの発注しかしてこない課長みたいだな。

「……うん？」

課長？

課長って誰だ？

家長とは違うよな。

俺の頭の中に浮かぶその課長なる人物はスーツ姿で、頭頂部が寂しいことになっている中年男性だ。いつも悪趣味なネクタイを締めていて、怒るとよく声が裏返る。

……でも、妙だな。

頭の中のその課長という人物には会った記憶がない。それなのに、俺はこの人をよく知っているし、顔も浮かぶ。

知らない人を知っているという不気味さがどうにも気持ち悪くて、俺は頭をひねる。

そうしていると――だんだん思い出してきた。

「あれ……これって……」

ぼんやりしていた記憶が、やがてハッキリと脳裏に浮かんでくる。

日本という島国で生まれ育ち、地元中小企業に営業職として入社。そこは「労基上等」という方針を掲げるヤバめの会社だった。

朝の朝礼の声出しから始まり、誰もが上司にこびへつらっていた。

サビ残なんて当たり前。

何度辞めようと思ったか分からない……けど、俺みたいななんの強みもない、どこにでもいる普通の男が三十過ぎてから職探しを始めたところで、再就職できるかどうかという不安が常につきまとっていた。

そんな過酷な労働環境で暮らすこと約十五年。

俺は——死んだ。

過労死だ。

今みたいに、体調最悪の中で、無理やり押しつけられた仕事をひとり残ってこなしている時に、軽く目眩《めまい》がしたと思ったら心臓が口から飛び出してきそうなほど体が跳ね上がって床に倒れてしまい、そのまま意識を失って——

「そうだ……俺は死んだんだ」

いろいろな感情が入り混じって体が震《ふる》える。

四十を目前にして、俺は死んだ。

しかし、それはあくまでも前世の記憶である。

……まあ、職場で寝落ちしてそのまま朝を迎えるなんて、今やすっかり常態化しているから、生まれ変わったこっちの世界でも二十代半《なか》ばというこの若さで死ぬかもしれんが。

――と、その時、誰かがこの部屋へと入ってきた。

「む？　何をしている、ウィルム。書類はできたんだろうな」

小太りで禿《は》げ上がった中年男は、俺を見るなりにそんなことを言う。

その横には薄ら笑いを浮かべている若い男。

中年男の名前はジェフ・バーネット。

俺が勤めるバーネット商会の代表を務める男だ。

若い男は代表のひとり息子で、名前はラストン。

顔はいいが仕事はしない。

というか、俺の成果を横取りして自分のものにしている。すべてはバーネット代表の意向であり、俺はそれに逆らえず、ずっと従ってきた。

……脳裏に浮かび上がる、これまで受けてきた仕打ちの数々。

どんな成果もすべてラストンのものとされ、俺は誰からも評価されずにきた。

抵抗すればいいものの、剣術や魔法に疎《うと》い俺では冒険者稼業もままならず、路頭に迷うことになるだろう。

俺のようなヤツはこの商会にたくさんいる。

みんな、辞めたくても踏んぎりがつかないって感じだ。

バーネット代表もそれを分かっていて、俺たちを安月給でこき使っている。

ちなみに、ここでの俺は主に工芸職人《クラフトマン》と呼ばれている。

武器や防具、イスに食器棚、さらには小さな小屋から水車まで——物づくりスキルを駆使してそれらを生み出したり、時には修理したりするのが俺の仕事である。

ようはなんでも屋ってわけだ。

こうした職業柄、顧客のジャンルは多岐にわたる。

スキルを使って物を作り出すとか、まさに異世界らしくてワクワクしてくるのだが……置かれている状況は前世の時とまったく変わりがない。

せっかく剣と魔法のある世界で暮らしているっていうのに、これでは過労死した前世と同じ末路をたどるだけじゃないか。

悔しさを押し殺していると、代表は俺の前に立ってひと言。

「書類を渡せ」

「あっ、は、はい」

俺は完成した書類を代表へ渡す。

受け取った代表は不備がないか確認し、それが終わると書類を息子のラストンへと手渡す。

それから、代表は俺に向かってこう告げた。

「ウィルム――おまえは今日限りでクビだ」

「……えっ？」

労《ねぎら》いの言葉ひとつなく、それどころか何の脈絡もなくいきなり解雇を宣告された。

最初は何を言われているのか、すぐに理解できなかった。

茫然《ぼうぜん》としていると、今度はラストンが口を開く。

「安心しろ。おまえの抱えている優良顧客はすべてこの俺が引き継ぐ」

「なっ⁉」

簡単に言ってくれるが……俺が抱えている常連のお客さんは、ひと癖もふた癖もある曲者揃《くせものぞろ》いで、彼らは俺のクラフトスキルが持つ付与効果を高く評価してくれている。

たとえば、なんの変哲《へんてつ》もないただの剣も、必要な素材と俺のクラフトスキルがあればたちまち炎を自在に操れる【焔剣《ほむらのつるぎ》】へと生まれ変わる――こうした付与効果を得るためには、工芸職人《クラフトマン》として経験を積まなければならない。

そもそも、工芸職人《クラフトマン》になって日の浅いラストンにはとてもじゃないが無理な話だ。

あと、ラストンの人間性も信用ならない。

元々は「女にモテそう」という理由で騎士となり、不祥事を起こしまくって騎士団を強制退団させられたような男だ。父親のコネで工芸職人《クラフトマン》として商会に雇われているが、俺や他の職人、商人たちより仕事をしていないにもかかわらず、倍以上の給料が支払われていると聞いている。

「おまえのおかげで、この俺が工芸職人《クラフトマン》として大成する地盤が固まったってわけだ」

「そういうことだ。おまえが抱えていた優良顧客はすべてラストンが引き継ぐ。長きにわたり、この商会のために尽力してくれて感謝するよ」

「「はははははは！」」

笑い合うバーネット親子。

――嘘だな。

何もかも嘘だ。

ヤツらは微塵《みじん》も感謝なんてしちゃいない。

役目を終えた俺を雇っていたところで、なんのメリットもないからな。

俺がこれまで築き上げてきたコネクションを横取りして、この商会をさらに大きくしようという腹づもりなのだろう。

これまで俺が担当してきた人たちには、適当な理由をでっち上げてラストンが後任となったって告げるに決まっている。

……前世で勤めていた会社が、まさにこの構図だった。

社長の息子がいきなり幹部待遇で入社して、ろくに働かず、社内でずっとスマホをいじくり回していた。ひとり息子で甘やかされているから、注意すると何をされるか分からないという恐怖で野放し状態——世界が変わっても、この手の輩《やから》はいるのか。

まあ、それはさておき、バーネット商会は大陸で最大手だ。

その商会の代表子息が後任と聞いたら、嫌に思う者などいないだろう。ろくでもないって噂《うわさ》が流れていそうなものだが、話によると、バーネット代表が騎士団幹部に金を握らせ、退団する代わりに厄介《やっかい》な評判をもみ消したらしい。

それに……俺がこれまで担当してきた人たちは、みんな各分野の超一流だ。ただの工芸職人《クラフトマン》である俺より、立場的にも優れているラストンの方がかえって喜ぶかもしれない。

というわけで、どう足掻《あが》いても俺がこの商会に残れる可能性はないし、残ったところで、待っているのはこれまでよりも悲惨《ひさん》な待遇だろう。

だったら、せめて……アレだけはもらっていくか。

「あの、代表」

「何だ？　目障《めざわ》りだからとっとと失《う》せろ」

「すぐに出ていきます。——ですが、ひとつお願いがあります」

「退職金ならやらんぞ？」

「いえ、金ではなく……倉庫にあるアイテムをひとついただきたいのですが」

「倉庫のアイテムだと？」

この商会のすぐ隣に作られた倉庫。

あそこには商品であるアイテムが眠っているが……正直、ガラクタばかりであった。

祈るような気持ちで返事を待っていると、代表はニッと口角を上げる。

「いいだろう。あんなガラクタでよければ持っていけ」

「っ！　ありがとうございます」

「分かったのなら消えろ。能無しの顔を見ているとイライラしてくるぜ」

嫌悪感をあらわにしながら、そう吐き捨てるラストン。

代表の息子とはいえ、他人《ひと》の手柄であそこまでのし上がっておいて、よくもまぁそんな態度が取れるものだ。

——だが、それも今日まで。

倉庫のアイテムは持っていって構わないという言質《げんち》は取ったのだ。

それに従って、俺は退職金代わりにアレをいただくとしよう。


心の中でガッツポーズをしながら倉庫へやってきた俺は、狙っていたあるアイテムを探し始める。

「確か、この辺に隠しておいたんだよな……」

何かが起きた時のために隠し持っていたあるお宝アイテム。

それは、俺のお得意様であるSランク冒険者パーティーのリーダーがプレゼントしてくれたアイテムだった。そんな大切な物をこんなところに置いておくのは申し訳ないと思ったが、ここ以外に安心して隠しておける場所がなかったのも事実だ。

まあ、この判断は正解だったな。

「えぇっと……あった！」

俺が手にしたのは――杖《つえ》だった。

その名も神杖《しんじょう》リスティック。

あらゆる属性魔法を自在に操れるようになるという、まさに夢のアイテム。

魔力のコントロールはこれから学ばなければならないが、今の状態でも初級魔法くらいは使えるだろうから、これからの生活を大いに助けてくれるはず。やっぱり異世界へ来たのなら、たとえ初級であっても魔法くらいは使えないとな。

俺は神杖リスティックに自分の魔力を注ぎ込む。すると、杖全体がほんのり赤みがかってきた。

これにて契約は完了。

もう、神杖は俺以外の魔力を受け付けない。

他の者がどんなに魔力を注ごうが、この杖を使いこなすことはできない。

俺の持つクラフトスキルとこの杖があれば、この世界を十分楽しめる。

神杖を手に商会を出ると、俺を心配してずっと待っていてくれた相棒が肩にとまった。

「待たせて悪かったな、ルディ」

「キーッ！」

商会に入る前から付き合いのある魔鳥族のルディ。

見た目はもっふもふの毛に覆われたフクロウだが、これがなかなか凄《すご》いヤツで、今は俺の肩にとまれるくらいのサイズだが、その気になったら俺を背中に乗せて大空を飛び回れるくらいにまで巨大化する。

重い荷物も空輸可能となるし、非常に頼もしい俺の相棒――そんな相棒に、俺はこれまでの経緯を簡単に説明する。

「商会をクビになっちゃったみたいだ」

「キーッ!?」

ルディの言葉は理解できないけど、驚いているのは間違いないな。

「でもまあ、おかげで自由になったよ。これからは自分の好きなように生きようと思うんだ」

俺がそう語ると、ルディの表情がパッと明るくなる。

クビになったことを気にしていないのが伝わったのか、安心したみたいだ。

「さて……まずはお世話になった人たちへ引き継ぎの挨拶に行くとするか」

ラストンがどこまでやるのか分からないが、ともかく俺は俺で常連客の人たちに商会から離れることを説明に行かなくちゃ。

それがすべて終わったら――本格的に異世界生活を満喫するとしようか。

◇　◇　◇

商会をクビになった俺は、これまでいろいろとお世話になった人たちに退職の挨拶や引き継ぎをするために、およそ一ヶ月をかけて挨拶回りをすることにした。

これは、あのバカ息子――もとい、ラストンのためにやるんじゃない。

あの商会で働きだしてから贔屓《ひいき》にしてくれた人たちは、本当にいい人たちばかりだった。俺が仕事を続けられたのは、その人たちのおかげと断言できる。

恩人たちに何も言わず去るのは礼儀に反するし、引き継ぎをきちんとしなかったことで大変な事態になったのは前世でも経験済み。

バーネット商会のためではなく、そうしたお世話になった人たちが困らないよう、丁寧な対応をしておくべきだろう。

――というわけで、クビになった日の夜に宿屋で作ったリストに従って、俺はひとりひとりお世話になった人たちの元を訪ねていった。

国内でも三指に入る大貴族の豪邸。

秘境にある希少獣人族の集落。

Sランク冒険者パーティーが攻略中の「迷宮」と呼ばれるダンジョン。

頑固で有名だが、絶大な支持を得ているベテラン鍛冶職人が住む山岳地帯。


たどり着くのも困難なそれら場所へ足を運び、直接退職すると伝える。

この対応が功を奏し、皆一様に俺が商会を辞めたことに驚きつつも、何か困ったことがあれば力を貸すと言ってくれた。

たとえ社交辞令であっても、今はその言葉が心に染みてくるよ。

それに、この一ヶ月は俺にこれからのことを考えさせてくれるいい時間にもなった。

同時に、実は今までいろんなところへ足を運んでいたのだと実感する……ただ、仕事優先でろくに観光もできなかったが。その点については、これからゆっくりやっていこう。

「さて、アヴェルガ家に行ってみるか」

気持ちも新たに、俺は一歩を踏みだす。

商会を辞めて、時間は腐るほどある。

楽しませてもらうとするか。

◇　◇　◇

――一ヶ月後。

長い時間をかけて挨拶回りを終えた俺は、その過程でひとつの目的を導き出し、それを叶える地へ向けて進み始める。

まさに第二の人生のスタートってヤツだ。

その拠点に選んだのは、俺が以前暮らしていたドノル王国の次に大きな国であるメルキス王国であった。

ここのガウリー外交大臣とは、仕事で一緒になったのとチェスという共通の趣味があったことがきっかけとなり、ずっと懇意《こんい》にさせてもらっている。

その大臣がつい二週間ほど前、まるでこうなる未来が予想できていたかのように「もし独立する気があるならうちの国で働かないか？」と声をかけてくれたのだ。

まあ、独立ではなくクビになって無職になったからというなんとも情けない理由なので、断られる可能性も十分にあった……そしたら、また計画は一から練り直しだな。

「これから王都に入るけど、おとなしくしているんだぞ」

「キーッ！」

相棒のルディにそう言い聞かせてからメルキス王国の王都に入り、城の前まで来ると、見知った顔が声をかけてきた。

「あれ？　もしかして……ウィルムか⁉」

「おぉ！　ウィルムじゃないか！」

「お久しぶりです」

「どうしたんだよ、その杖は！　魔法使いにでも転職したか？」

「ははは、まあ、そんなところです」

「マジかよ！」

門番を務めるふたりの兵士が、フレンドリーに話しかけてきた。彼らとも以前に顔を合わせており、一緒に王都の酒場で飲み交わしたことがある。

「今日は仕事か？」

「いや待て。そのような来訪予定は聞いていないが……」

「仕事じゃないんです。……ガウリー大臣はいらっしゃいますか？」

「大臣ならいるはずだぞ。ちょっと待っていてくれ。面会できるかどうか聞いてくる」

門番のひとりが気を利かせて大臣の予定を聞いてきてくれるという。

待つこと約十分。

「すぐに会ってくれるそうだぞ」

「ありがとうございます」

よかったとホッと胸を撫《な》で下ろしつつ、深呼吸をしてから、案内役として呼ばれたこちらも顔馴《かおな》染《じ》みである兵士の後ろからついていき、城内へと足を運ぶ。

「変わりないようですね」

「ははは、前に君が来てから、まだ一年も経っていないじゃないか。そうそう変わりはしないよ」

兵士と談笑しながら歩いていると、あっという間に目的地である大臣の執務室へとたどり着いた。


「ウィルム殿をお連れしました」

ノックをしてそう告げると、室内から「入ってくれ」と返ってくる。それを聞いた案内役の兵士はドアを開け、俺を中へと通した。


「久しぶりだね、ウィルム」

「ご無沙汰《ぶさた》しております」

黒檀《こくたん》の執務机の前に立つ、片眼鏡《かためがね》を装着した白髪オールバックの男性。

この人物こそ、メルキス王国の頭脳と称されるガウリー外交大臣だ。

神杖を見て「魔法使いに転職したのか？」という門番とやったくだりをもう一度こなしてから、ガウリー大臣は俺をソファへ座るように促す。

それに従うと、大臣は反対側へと腰を下ろして話し始めた。

「さて、それでは早速《さっそく》本題に移ろうか。君が事前のアポもなしに会いたいとは……よほど急な用件なのだろう？　……職場で何かあったか？」

さすがは大臣。

すでに勘づいていたか。

「実は……前の職場を解雇されまして」

本題へということなので、いきなり事実を告げたのだが、

「そうか。解雇されたのか――か、解雇だとぉ!?」

いつも冷静で落ち着いているガウリー大臣が、別人のように驚いた。普段とギャップがありすぎて、こっちの方がビックリするよ。

「な、何かやらかしたのか？　――い、いや、君がそのようなマネをするとは到底思えないのだが……」

大臣は困惑していた。

だが、ここまでは、概《おおむ》ね挨拶回りをしてきた常連の顧客さんと似たリアクションだ。

「まあ、いろいろありまして……今回はちょっとお願いに来ました」

「お願い？」

俺は事前に用意していた地図を目の前のテーブルの上に広げる。その地図には、一部分が赤い丸で囲われていた。

「このベルガン村に工房を開きたいと思っていまして。その許可をいただきたいと」

「工房？　では、独立するのか？」

「はい。幸い、私にはクラフトスキルがあるので、素材を集めつつ物づくりに励《はげ》み、その収入でひっそり暮らそうと考えています」

「ふむ……」

ガウリー大臣は顎《あご》に手を添えて何やら思案中――それから数秒後、

「工房の件だが……自由にやってくれて構わない」

「えっ？」

意外にもあっさりと許可が下りた。

親しくしているとはいえ、他国の人間だから、もっといろいろと警戒されると思っていたが。

「君はあそこの村長であるアトキンスと親交があるから不要とは思うが、念のため、私の名前で紹介状を書いておこう」

「い、いいんですか？」

「君を信頼しているからな」

そのひと言が、胸に突き刺さる。

信頼している、か……こんな言葉をかけてくれる人は、少なくともあの商会にはいなかったからなぁ。

「むしろ、我々としてもありがたい提案だよ。君ほどの腕を持つ工芸職人《クラフトマン》はそうそういるものじゃないからね。私個人が依頼したいくらいだ」

「ぜひいらしてください。ロハでやらせてもらいますよ」

「ははは、そういうわけにもいかんだろ。――ほら、こいつが紹介状だ。持っていけ」

上機嫌に笑いながら、手書きの紹介状を渡してくれたガウリー大臣。

好意的に受け入れてもらえてよかったよ。

「では、俺はそろそろ」

「うむ。また落ち着いた頃に使者を送ろう」

「分かりました」

「あと、そこまで行くには距離がある。道中でモンスターに襲われるかもしれないから、馬車を用意しよう」

「し、しかし、そこまでしていただくのは……」

「気にする必要はない」

ガウリー大臣はそう言って部屋の外に出ると、近くにいた兵士に馬車の手配を命じた。

ただ、その日はもう遅い時間だったため、出発は次の日へと持ち越しになった。

［幕間］　大貴族アヴェルガ家

　時は少し遡《さかのぼ》り――ウィルムがバーネット商会からクビを宣告されてから数日後。

　この日、商会代表のジェフ・バーネットと、その息子でウィルムの後任を務めるラストンはアヴェルガ公爵家の屋敷を訪ねていた。

　事前にウィルムからの退職の挨拶を受けていた当主のフリード・アヴェルガは、特に慌てる様子もなくバーネット親子を招き入れる――

が、後任であるラストンのあまりの頼りなさに不安を覚えた。

　そして何より気に食わなかったのが、そのラストンが自分の娘であるレメットに向けた邪《よこしま》な視線だった。

　アヴェルガ家はメルキス王国でもっとも力のある公爵家であり、そこへ取り入ろうとする者は後を絶たない。そのため、初めてウィルムが暖炉の修理のために屋敷を訪れた際、少しでもおかしな動きを見せたら叩き出してやろうと見張っていた。

実際、これまでも目を盗んでは高価な絵画や調度品に手をつけようとした輩がおり、現場を取り押さえては騎士団へ突き出していた。

だが、ウィルムはそのような動きをまったく見せず、真摯《しんし》に仕事をこなしていく。その仕事ぶりに感心したフリードは少し多めに報酬《ほうしゅう》を渡したが、ウィルムは受け取らなかった。この行為が、さらにフリードの信頼度を高めていく結果となったのだった。

ウィルムの誠実な人柄に惚《ほ》れ込んだフリードは、それからも事あるごとに彼を指名して屋敷へ招き入れた。そのうち、娘のレメットもウィルムのことが気に入ったらしく、仲良さそうに談笑している姿が目撃されるようになる。

そんなウィルムが商会を辞めたと知った時は衝撃を受けた。

あれほど有能な人材をどうして手放してしまったのか、理解に苦しんだのだ。

代表であるバーネットは、「彼は独立するため、自分の意思で辞めた」と言っていたが、ウィルムがそのような素振りを微塵も見せていなかったことから、フリードはその発言を信じなかった。

バーネット商会については、所属する商人に対する扱いが悪いという噂を耳にしていた。

そのため、バーネット親子が去ってから独自のルートを使って商会の実態を調査し始めたが――結果は想像以上に真っ黒だった。ここ最近はかなりあくどい、違法スレスレの商売で業績をあげていたのだ。

こうなると、ウィルムが自主退職したという商会代表の言葉はますます信じられなくなった。

何より、仕事などまったくヤル気がなく、ジロジロとなめ回すようにレメットを眺めていたラストンの態度がとにかく気に入らなかった。

さらに、そんな態度の息子を注意する素振りさえ見せない父親であり商会代表でもあるバーネットにも、不信感を募《つの》らせる。

こうした一連の出来事から、フリードの中でのバーネット商会の評価は一気に地の底へと落下。

彼らとの関係を断ち切り、ウィルムをサポートし、彼と専属契約を結ぼうと考え始めていた。

◆　◆　◆

バーネット商会との会談を終えた二週間後。

フリード・アヴェルガは娘のレメットを書斎へと呼んだ。

「お呼びですか、お父様」

金髪のセミロングヘアを揺らしながら室内へと入ったレメットは、透き通るような青い瞳で父親であるフリードを真っ直ぐ見つめる。

「うむ。実は――」

「分かりました。ただちにウィルムさんを追います」

「まだ何も言っていないぞ⁉」

だが、伝えたい内容はまさにレメットの言った通りだった。

ラストンがじっとりとした視線を向けてくるのに対し、レメットは嫌悪感あふれる表情をしていたが、どうも肝心《かんじん》のラストン本人にはそれが伝わっていなかったらしく、「またお会いしましょうね、レメット様」と終始馴《な》れ馴れしい態度を取った。

レメットはそうしたことを思い出しつつ言う。

「ウィルムさんに比べたら工芸職人《クラフトマン》としての品性というか資質というか、そういうものが著《いちじる》しく欠けていて――そもそもあの手の人間は生理的に無理です」

「ズバッと言うなぁ……」

そうは言ったが、フリードも同じ気持ちだった。

「……まあ、おまえならばそう答えると思っていたが」

「ですが、これからもバーネット商会を贔屓にするのでしょう？」

「いや、それはない。あそことの取引は今回限りとする」

「えっ？　そうなんですか？」

「あぁ……これ以上あの商会とかかわるのは危険と判断したよ」

バーネット親子のやりとりを見て、大貴族であるアヴェルガ家当主としての勘が危機感を訴えていたのだ。その一方で、長らく仕事を任せ、愛娘のレメットも気に入っているウィルムの方がよほど信頼できる。

フリードはそう判断し、独立する彼をサポートしようと決断した。

その話をレメットからウィルムへ伝えてもらおうとしたのだが――その時、ある重要な情報を話していないことに気づく。

「忘れるところだった……レメット、少し話をさせてくれ」

「？　なんですか？」

「こいつを見てくれ」

机の上に一枚の紙を置くフリード。

それを手にしたレメットは首を傾《かし》げる。

「これは？」

「ウィルムが抱えていた顧客のリストだ」

「っ！　ですが、彼は他のお客さんの素性《すじょう》を話したがらなかったのでは？」

「客の方からこちらにコンタクトを取ってきたのだ。それも複数……どうも、バーネット商会から離れたウィルムと接触を図《はか》ろうとしているのは我々だけではないらしい」

「そ、それなら急がないと！　忙しくなってしまっては、私たちの依頼を断るかもしれませんよ！」

「まあ落ち着け。もう一度ゆっくりとリストに目を通してみろ」

今にも家から飛び出していきそうなレメットを呼びとめたフリードは静かに告げる。

その言葉を受けてハッと我に返ったレメットは、深呼吸をして心を落ち着けてから改めてリストに目を向ける。

そして――

「なっ⁉　ななっ⁉」

リストにある顧客の名前を見たレメットは思わず声が震える。

「これ……ホントですか？　ウィルムさんの抱えていた顧客って――とんでもない大物ばかりじゃないですか！」

レメットが驚いた点はそこだった。

「私も最初見た時は驚いたが……そこに書かれているリストの数名から『会って話がしたい』と使者が送られてきたのだ」

「そ、それで、なんと答えたんですか？」

「とりあえず了承はした。――が、我々が先行してウィルムに接触する」

力強く、フリードはそう告げた。

国内での影響力がとてつもなく強いアヴェルガ家ならば、これから工房を開き、工芸職人《クラフトマン》として新たな生活をスタートさせるウィルムの手助けができる。

「彼らとの話し合いはお父様にお任せします。私はウィルムさんのそばへ行って、彼をサポートしていきます」

「それがいいだろうな。彼は王都でガウリー外交大臣に会うと言っていたから、どこに向かったのかは彼に聞くといいだろう」

「では、すぐに馬車の用意をさせます！」

「そうしてくれ。ああ、それと、アニエスたち専属メイドも同行させる」

「分かりました！」

レメットは大慌てで部屋から出ていき、目についた使用人たちへすぐに外出の準備をするよう告げていった。


嵐が去ったあとのように静かになった書斎で、フリードはレメットが落としていったウィルムの顧客リストを手に取る。

「さて……このひと癖もふた癖もある猛者《もさ》たちを相手にするのは骨が折れるな」

リストに並ぶ、各界の大物たちの名前。

本来ならば、貴族であるフリードが交わることのない者たちであるが、全員の気持ちは――「ウィルムの助けになりたい」で同じだろうと彼は読んでいた。自分たちのように、バーネット商会と手を切ろうと判断するかどうかはさておき、これに関しては間違いないという確信めいた自信があった。

ともかくそこに話を持っていけば、たとえまったく異なる世界に身を置く者たちであっても、話し合いは成立すると考えた。

改めてリストに目を通すと、名前がありながらも接触してきていない者もおり、その中の何人かはスムーズに話が通じそうな者もいた。

「……この辺りについては、こちらから声をかけてみるか」

ため息を漏らしつつ、どこか楽しそうにも見えるフリードの苦笑い。

なぜ、これほどの大物たちがウィルムにこだわるのか──彼には、その理由がよく分かっていた。

最大の特徴は、なんといってもクラフトスキルによって生み出された工芸品に与えられる追加効果だ。

たとえば、なんでもない鉄の剣にウィルムがクラフトスキルを使用して装飾を施《ほどこ》したとする──と、斬れ味が増すどころか、使用者の身体能力が向上するなどの効果が得られるのだ。

その効果は自由に選択できるため、自分の望む力を手早く入手することが可能となる。

こんな素晴らしい能力を持った若者を、なぜバーネット商会は手放したのだろうか。おおよその見当はついているが、それが合っているか合っていないかにかかわらず、このような判断を下したバーネット商会は大きく信用を失うことになるとフリードは読んでいた。

そして──他の常連客は軒並み商会を離れ、ウィルムのもとへ集結するだろうとも予測したのだった。

こうしてウィルム本人が気づかぬうちに、大陸中の大物たちが密《ひそ》かに動きだそうとしていた。

第二章　新しい住まい

翌朝。

約束通り、王都の宿屋前にガウリー外交大臣の手配してくれた馬車が迎えに来た。

俺はそれに乗り、すぐさま目的地へ向けて出発。

途中で道が険《けわ》しくなるだろうから、最後まで馬車に乗って移動できるわけではないが、大助かりという点に変わりはない。

「さて……いよいよか」

変わりゆく景色を荷台の窓から眺めつつ、俺はこれからの新生活に対して期待で胸を膨らませていた。


しばらくすると、馬車が止まる。

どうやら、ベルガン村に到着したようだな。

「本当にここまででよろしいのですか？」

「はい。ありがとうございました」

王都を離れてからおよそ四時間。

目的地である森の入口までやってくると、ここから先は自力で進むことを選択し、運んでくれた御者《ぎょしゃ》に礼を言ってから歩を進める。

久しぶりに広い空間へ出られたことでルディも大喜び。大きな翼を広げて空を気持ちよさそうに泳いでいる。

◇　◇　◇

やがて森を抜け、目の前に小さな村が現れた。

「懐《なつ》かしいな。前に来た時のままだ」

ここが目的地のベルガン村だ。

あの時は仕事で使う素材集めのために数日間だけ滞在したんだったかな。思えば、こうしてのんびり辺りを見回す暇もなかったよ。村長であるアトキンスさんとも、軽く顔を合わせただけだったし。

それにしても……以前より人口が減っている気がするな。まあ、ここでやれる仕事は農業か畜産、あるいは宿屋か武器及びアイテム屋ってくらいだし、近くにダンジョンがあるわけでもないから冒険者も集まってこない。となると、必然的に若者たちは出稼ぎのため、村を離れて都市部へと移住してしまうんだよなぁ。

寂しくなっていく村の様子を眺めていたら、

「おい！　ウィルムじゃないか!?」

これから訪ねようと思っていたアトキンス村長と出くわす。

「お久しぶりです。お元気そうですね」

「はっはっはっ！　体の丈夫さだけが取り柄《とえ》だからな！」

豪快に笑い飛ばすアトキンス村長は、元騎士団で分団長を務めたほどの実力者であった。今では生まれ故郷であるこのベルガン村へ戻り、村長職に就いている。

「今回は一体どんな仕事なんだ？」

「いえ、今日は仕事ではなく……とりあえず、これを見てください」

「うん？　――――っ!?　こ、これは、ガウリー外交大臣の紹介状!?」

思わず腰を抜かして驚くアトキンスさん。

効果絶大だな、紹介状。

「というか、おまえ、バーネット商会を辞めたのか!?　大陸最大手だったろ!?」

「いや、辞めたというか……クビになったんですよ」

「はあっ⁉」

めちゃくちゃデカい声で驚かれた。

「ク、クビ⁉　おまえほどの工芸職人《クラフトマン》をクビって……どういうことなんだよ⁉」

「い、いろいろありまして」

「おまえのことだから、何かおかしなことをやらかしたとも思えないし……もしかしてハメられたのか？」

「ま、まあ……そんなところです。なので、これから独立して工房を開こうかな、と」

「こ、ここでか⁉」

さらに驚き具合が増すアトキンスさん。

そのうち倒れやしないかと心配になってきたよ。

「以前、この近くの森に入った際、山小屋があったのを思い出して」

「ああ……そういえば、前に森を管理しようってことで作ったんだ。しかし、もう長らく放置しているから、今はどうなっているか分からんぞ」

「それなら問題ありません。俺のクラフトスキルでなんとかします」

改良して住み心地をよくし、工房も構える。

あそこならそれができると俺は踏んでいた。

「なるほど……確かに、おまえならできるな。分かった。あの山小屋は好きに使ってくれ」

「ありがとうございます！」

俺は深々と頭を下げると、早速その山小屋へ向かうために森へと入った。

「ここも変わらずいいところだな……まさに手つかずの自然って感じがするよ」

聞こえてくるのは風に揺れる木々の葉、小川のせせらぎ、そして小鳥のさえずりくらいのものだった。

まるで世界に俺だけが取り残されたような感覚。

都会の煩《わずら》わしい喧騒《けんそう》から離れ、しばらくはここでゆっくりと今後について考えていこうと思う。

「やっぱりいいところだな、ここは。――なぁ、ルディ」

「キーッ」

どうやらルディも気に入ってくれたようだ。

歩きだしてからどれほど経った頃だろうか。

「おっ？　見えてきたな」

視線の先に、目的地である山小屋が見えてきた。

「思っていたよりも直す必要がある箇所は少ないな。これなら、クラフトスキルを駆使してなんとか修復できそうだ」

ただ、それはあくまでも想定よりはボロくないというだけで、一般的な家屋として見るとかなりのオンボロだった。まあ、アトキンス村長の話だと相当の時間放置されているらしいから、仕方がないけど。

大体、俺はそれを承知の上でここに住もうと決めたのだ。

今さら後悔などしていない。

「さて、と……何から手をつけようかな」

ドサッと背負ってきたリュックを下ろして小屋の周辺を調査。

……うん。

とりあえず、中を掃除してからベッドやテーブルといった基本的な家財道具をクラフトスキルで調達しようか。素材となる木材は辺りに散らばっているから、それほど時間はかからないだろう。

さらに、ここで嬉しい誤算が。

「おおっ！」

小屋の近くに小高くなっている丘を見つけたので登ってみたら、そこから絶景を眺めることができた。

視線の先には生い茂《しげ》る木々で緑色――と、思いきや、その向こうには広大な海洋が見て取れる。

海に浮かんでいる小さな黒い点は恐らく船だろう。

ということは、あの辺りに港町があるわけだ。

「位置関係からすると……あそこにある町はハバートか？　市場に凄く活気があったし、作った工芸品を売るにはもってこいだな。時間ができたら行ってみよう」

きちんとした道はできていないが、その辺も徐々に開拓していければと思う。今は寝床の確保に力を注ごう。


小屋の扉を開け、早速中へと入る。

長年雨風にさらされていた影響からか、建て付けが悪く、開けるのにかなり苦労した。

「まずはドアをなんとかするか」

とりあえずの方針は決まったので、早速準備に取りかかる。

クラフトスキルによる効果は大きく分けて三つある。

【造形】――素材をもとにアイテムを生み出す。
【修繕】――壊れた物を直す。
【強化】――完成している物の性能を上げる。

基本的に【造形】の能力を扱うが、今回はドアを直すために【修繕】の能力を使う。

近くの木で羽を休めているルディが見守る中、まずはドアに手を触れ、どこがどれほど壊れてい

るのかをスキルの力で把握する。あまりにも損壊具合がひどければ、一から作り直すことも可能だが、

「――よし。これならイケる！」

これくらいならば、元通りにできそうだ。

人があまり利用しなかったというのが幸いだな。

俺はドアに触れたまま目を閉じ、意識を手のひらへと集中させる。

スキル発動には魔法ほどではないが、魔力を消費する。本職の魔法使いほど器用に魔力を扱えないが、スキルを発動させるくらいなら問題ない。

スキルを発動させてから数十秒後――これは成功の前触れ、ドアが光に包まれた。魔力を通してその現象を確認した時、直せたと確信して内心ガッツポーズをする。

やがて輝きが収まっていき、ゆっくりと目を開ける。

すると、ボロボロだったドアがまるで新品のように生まれ変わっていた。

「ちょっと味気ない感じだけど……まあ、装飾はこれからやっていけばいいか」

元通りになったドアを見つめて少々出来に不満を抱いたが、これからいくらでも改善できると考え直して次の作業へと移る。

続いて取りかかったのはベッドの作製。

今度は【修繕】ではなく、【造形】の能力を使う。

一応、ベッドらしい物は見つかったが……こちらは完全に朽《く》ち果てていた。ちょっとでも体重をかけたら粉々になりそうだな。ここまでひどい状態では、【修繕】の能力適用外となってしまうため、一から作り直すことにしたのだ。

とりあえず、元のベッドは処分するとして――っと、その前に、こいつに触れながらスキルを発動させる。

必要なのは、同じサイズのベッドを作り出すのに必要な素材の種類と数を確認すること。

「ふむ……」

【造形】の能力を発動させながらボロボロのベッドに触れていると、同じサイズのベッドを作るのに必要な素材に関する情報が頭の中に流れ込んでくる。

それによると……木材と少々の鉄を用意しなくちゃいけないようだ。

どちらも屋敷内で簡単に入手可能だから助かるよ。

「……まだ初日だし、とりあえず寝転がれる空間ができればそれでいいか」

改良点は次々と浮かんでくるが、まだ開業もしていない準備段階であるため、とにかく金がない。

安月給でこき使われていたのが、ここへ来て地味に響いてきたな。

今さら前の職場への愚痴《ぐち》を吐いても仕方がないので、気持ちを切り替え――素材を集めるために屋敷内をウロウロと歩き回る。

「お？　これは使えそうだな」

森の中ということもあって、外にもたくさんの素材が落ちているし、どれだけ要求しても別に誰も困らない。俺がこの森を選んだ理由のひとつがまさにこれ――クラフトスキルを使用する際に必要となる素材の豊富さだった。

というわけで、指定された量の木片と鉄を調達。

時間にしておよそ十五分。

いいペースできているな。

集めた素材の数々を寝室に定めた部屋へと運び、先ほどと同じ手順でクラフトスキルを発動させてみる。

今度はさっきのように単調な作業とはいかない。

【修繕】は元になる物があるため、いくらか手間が省《はぶ》けるが……一から新しく作り出すとなると話は別だ。

具体的な完成形を頭の中でイメージする。

それを用意した素材で具現化していくのだが、慣れるまでこの工程がなかなか難しい。工芸職人《クラフトマン》を目指す者ならば最初にぶち当たる壁だ。

――けど、ここを乗り越えたら、これ以上ないくらい便利なスキルが使用可能になる。あとは経験を積んでいくと、そこまで難しく感じない。まあ、ようは場数を踏めばいいのだ。

頭の中に思い浮かべたイメージをクラフトスキルによって徐々に鮮明化させていくと、先ほどのドアの時と同じように、素材が光に包まれる。

ここまでくれば、あともうひと息。

仕上げに魔力を注ぎ込めば――ベッドの完成だ。

「よし……こんなもんかな」

部屋全体はボロボロのままだが、クラフトスキルを使用して作りあげたベッドは新品同然。

なので、明らかに周りからは浮いているが……まあ、今後周囲を直していけばそれも解消されるだろう。

「スタートとしては上出来だ」

シーツなどは後日ベルガン村で調達することにして、とりあえず雨風をしのげて横になれる空間が手に入った。

ベッド作りを終えると、なんだか腹が減ってきた。

ふと窓の外を見ると、すでに空はオレンジ色に染まっていた。

「もうこんな時間か」

ちょっと休憩したら、周辺を散策してみようかと思っていたけど……それは明日に持ち越しになりそうだ。

今日のところはこれでお仕事終了とするか。

「ルディ、晩ご飯の準備をするから手伝ってくれないか？」

「キーッ！」

俺の仕事が終わるまで待っていたルディを呼び、早速準備開始。

まず外へ出て焚火《たきび》の用意をする。

ここまでまだモンスターに襲われていないし、そもそも目撃情報がないってアトキンスさんは言っていたけど、用心するに越したことはない。

焚火ができると、次はリュックの中にある食料へと手を伸ばす。

長距離移動と作業の連続で疲れたから、今日は簡単な夕食にしてさっさと寝ちゃおうかな。

ちなみに、このリュックは空間魔法を応用して作られた逸品《いっぴん》で、結構値が張る。その分、見た目以上に多くの荷物を収納できる、今巷《ちまた》で流行しつつある便利グッズだ。

さて、肝心の食事だが……今日はパンと干し肉のサンドウィッチでいいかな。

近くには小川もあったし、あそこで魚が捕れないかどうか明日チェックしに行こう。

……なんか、魔法がなくても十分やっていけそうな気がしてきた。

とはいえ、やっぱり魔法は使ってみたい。

せっかく神杖リスティックがあるんだ、せめて、火や水くらいは自在に操れるようになりたいなぁ……時間を見て鍛錬していこう。

将来的にはこの山小屋を自分好みの工房に改装できたらいいなと思いつつ、俺は黙々と夕食の準備に取りかかるのだった。

【幕間】　冒険者パーティー【月光《げっこう》】

大陸南東部にあるアドン渓谷《けいこく》。

そこは別名迷宮渓谷と呼ばれており、あちこちにダンジョンの入口がある。その規模は大陸最大と言われており、多くの冒険者たちが隠された秘宝を求めて探索を行っていた。

中でも有名なのが【月光】というSランク冒険者パーティー。

大陸でも屈指の実力者が顔を揃え、現段階における迷宮渓谷のダンジョン最深部まで調査の手を伸ばしている。

そんな猛者が集《つど》う【月光】のリーダーはエリ・タチバナという極東国出身の女性だ。

長い黒髪を後ろで束《たば》ねたポニーテール。

右目は眼帯で覆われた、いわゆる隻眼《せきがん》の冒険者であった。

彼女の扱う武器は鞭《むち》であり、これはウィルムのクラフトスキルを用いて威力が強化されている特注品だった。

この装備により、元々強かったエリの戦闘力はさらに上昇。

「氷鞭《アイス・ウィップ》！」

今も、まるでヘビのごとくしなやかな動きでダンジョンに潜《ひそ》む甲虫型モンスターを一瞬にして氷漬けにしてしまった。

「やったぜ！」

「さすがは姐御《あねご》だ！」

「あのキングヘラクロスをたった一撃で倒すなんて！」

エリの活躍に沸き立つパーティーメンバー。

——だが、賑《にぎ》やかで明るい雰囲気とは裏腹に、エリ自身は内心イラついていた。


事の発端は数日前に遡る。

エリが贔屓にしていた工芸職人《クラフトマン》のウィルムが、勤めていた商会をクビになり、近々後任が来ると伝えに来たことから始まった。

それだけでもエリにとっては十分ショックな出来事であったが、最大の問題はその後任を務めるラストンの実力があまりにもひどすぎるという点だった。

優秀なウィルムのあとを継ぐ工芸職人《クラフトマン》であるなら、最低でも同等か、あるいは彼を超える実力者でなければならない。しかし当のラストンは、ヘラヘラするばかりで未熟とすら呼べなかった。

そもそも、ウィルムは交渉のために危険なダンジョンへ自ら足を運ぶほどの熱心さがあったが、ラストンは「靴が汚れるから」という理由で一歩も入ろうとはしなかった。

ウィルムのようなタイプは例外中の例外だとしても、せめてコンタクトを取るためにダンジョンへ潜ろうとする気概《きがい》だけでも見せてくれたら印象は変わったのだろうが、ラストンはそのような素振りさえ見せなかった。

そのため、バーネット商会への信用は大幅に下落。

これを機に関係を断ち切ろうとエリは密かに考えたが、武器を定期的に仕入れる必要があるため、大陸最大手であるバーネット商会との関係を完全にシャットアウトするのはためらわれた。

悩むエリのもとへ、ひとりの少女が駆け寄っていく。

「お疲れ様です、母上。タオルとドリンクを持ってまいりました」

「ああ。すまない、アキノ」

笑顔でエリにタオルとドリンクを手渡したのは、彼女のひとり娘であるアキノ・タチバナ。

母親譲りの黒髪を後ろでまとめたポニーテールがよく似合い、父親似の赤い瞳は吸い込まれそうな輝きを放っている。

その実力はまだまだ未熟――というのは、あくまでも大陸屈指の冒険者である母親のエリの評価であり、十七歳という年齢を考慮したら伸び代《しろ》は十分。周りの仲間も、彼女が後継者になることを期待していた。

そんなアキノはウィルムととても仲がよかった。

ほとんどパーティー公認といった仲で、エリは日頃からウィルムにアキノを嫁にもらってくれないかと持ちかけるつもりでもいたのだ。

こうした事情も、彼女が商会への信用をなくす理由に大きく関係していた。

その後、【月光】の面々はエリの倒したキングヘラクロスを素材としてギルドに売り払うべく解体を始めた――が、その時、仲間の冒険者の男が慌てた様子で駆け寄ってくる。

「姉御！　大変だ！」

「ドラン？　おまえには地上での仕事を与えていたはずだが？」

「じ、実は、姐御に急な来客でして」

「客だと？」

「へ、へい。アヴェルガ家の使いって者でして」

「アヴェルガ家だと？」

その名はよく知っている。

この迷宮渓谷のあるロデル地方を治める大貴族だ。

しかし、なぜそのような大貴族が、自分にコンタクトを取ってきたのか――それが分からなかった。

「なぜアヴェルガ家が私に？」

「そ、それが、どうもバーネット商会をクビになったウィルムの件について話がしたいと」

「何っ⁉」

ウィルムのことだというなら、無視はできない。

無愛想でぶっきらぼうなだけでなく、戦闘力が非常に高いエリを敬遠《けいえん》する商人もいる中、工芸職人《クラフトマン》でもあるウィルムは真摯にエリと向き合った。

最初は気にも留めていなかったが、次第にウィルムの仕事に対する姿勢に関心を持ったエリは、自分の武器である鞭に付与効果のある強化加工を施すように依頼する。

これに対し、ウィルムは迅速《じんそく》かつ完璧な仕事をした。

氷を自在に操れる力を得たエリは、それから活躍の場が広がり、気がつけばリーダーを務めるパーティーは大陸でも有数の実力者が揃う巨大組織となっていた。

エリはウィルムに深い恩があった。

そんな彼について、アヴェルガ家は話があると出向いてきたのだ。

「連中は今どこにいる？」

「ギ、ギルドで待っているみたいです」

「……今すぐに行く」

アヴェルガ家がウィルム絡みで自分たちとの接触を試みた。

その事実を思い浮かべた時、エリの表情が険しくなる。

「私に声をかけてきたということは……当然、《彼ら》にもコンタクトを取っているというわけか」

ウィルムが常連客として接していた大物は他にもいる。

彼自身は顧客情報を漏らさなかったが、その客たちが自ら「ウィルムと接点がある」と話しているのをエリは何度か耳にしていた。

確証はないが——恐らく、アヴェルガ家は他の影響力が強い大物たちにも声をかけているだろう。

「ふっ……のんびりとティータイムを楽しんでいる余裕はなさそうだな」

エリは小さく笑い、アヴェルガ家の使いが待つギルドへと向かった。

第三章　専属契約

翌朝。

近くの小川で顔を洗い、朝食の支度《したく》を始める。

今日のテーマは小屋をもうちょっと豪勢にすること。昨日は寝るために必要な物をササッと揃えた程度で終わったけど、今日は工房となる部屋作りとか、とにかくいろいろと着手していきたい。

それと、午後になったら近くの小川へ魚を捕りに行こう。

昨日チラッとだけ見たが、結構いいサイズが泳いでいたんだよなぁ。それに、小川からもう少し歩いたところには湖もあった。あとで釣竿を作り、それからルアーやワームなんかも用意しておこう。

それから、畑も作りたい。クラフトスキルで作った物を町へ売りに行くことはあっても、それは最小限にとどめ、ここでのんびり自給自足ができたら最高だ。

そのためには野菜だけじゃなく、家畜も飼育したいところだ。まずは鶏《にわとり》あたりかな。

ただ、野菜や家畜は購入するための資金が必要になってくる。それを稼ぐためにも、クラフトスキルを存分に発揮できる工房作りを最優先とすべきか。

うーん……労働環境最悪なバーネット商会から解き放たれたはずなのに、忙しさは変わらないな。

まあ、質で言えばこっちの方がずっといいんだけど。

「まずは床を強化していくか」

一部が抜け落ちていた床。

新しく作り直すほどの損傷はないが、放置しておくのは危険。

こういう時は、クラフトスキルに宿る三つの能力のうちのひとつ――【強化】を使うべきだろう。

ただ、【強化】を行うには素材を追加しなければならない。


それを確保するために外へ出ると、何やら遠くからこちらへと迫ってくる気配を感じ取る。

「……なんだ？」

それはだんだんと近づいてきているようだった。

ルディもさっきから妙に騒がしいし……まさか山賊の類《たぐい》か？

「アトキンスさんからはその手の輩は居座っていないという報告を受けているけど……」

あの人が嘘をつくとは思えないから、ひょっとすると割と最近になって住み着いた者である可能性もある。

俺は料理するために持ってきていた鉄製の鍋《なべ》と石と木片を、クラフトスキルによって鉄剣へと変えて備えた。

――もっとも、きちんとした剣術を学んできたわけではなくて、ほとんど独学だ。こんなことなら、もっと早く魔法の鍛錬をしておくべきだったと今さら後悔しているよ。

緊張しながら、近づいてくる者たちの正体を探ろうとした――その時、

「ようやく見つけましたよ、ウィルムさん！」

どこかで聞いた少女の声が、俺の名を呼ぶ。

視線を向けると、この手つかずの大自然には合わない、素人目《しろうとめ》でも高価と分かるドレス調の服を着た少女が元気に手を振りながら近づいてきた。

この子は――

「レメット様!?」

大陸でも三指に入る大貴族のアヴェルガ家ご令嬢――レメット・アヴェルガ様だった。さらにその後ろからは、彼女専属のメイドさんたちが総勢五人ついてくる。

「ど、どうしてここに!?」

「それはこちらのセリフですよ」

俺が駆け寄ると、レメット様はいきなりそう告げた。

「大陸内でも影響力の強い大物たちを常連客とする超一流の工芸職人《クラフトマン》のあなたが、どうしてバー

ネット商会をクビになって、こんな山の中でひっそりと暮らすことになるんですか⁉」

「い、いや、それは……」

アヴェルガ家の当主であるフリード様には引き継ぎの挨拶をしつつ、諸々《もろもろ》の事情を説明しておいたが……どうもそれだけでは納得がいかなかったようだ。

だからって、まさかこの森にまでやってくるとは夢にも思わなかったよ。

「も、申し訳ありません。このたびは多大なご迷惑をおかけして」

「そういうことを言っているのではありません。——ただ、なぜこんな山奥を選択したのですか？　ガウリー大臣にも話を聞きましたが、メルキスの王都に店を構えようとは考えなかったのですか？」

「で、できれば、静かにひっそりと暮らせたらと思いまして」

「……残念ですが、ひっそりと暮らすにはあなたが抱えている常連客のレベルがとんでもなく高すぎます。もちろん、我がアヴェルガ家も含めてですが」

確かに……アヴェルガ家当主であるフリード・アヴェルガ様以外も、非常に影響力のある人たちだ。まあ、だからこそ、バーネット代表は俺の常連を息子のラストンへ引き継がせたのだ。

「ともかく、あなたがバーネット商会から去ったと聞いて、お父様と話し合いを重ねた結果——私たちアヴェルガ家はある決断を下したのです」

「け、決断？」

なんだか、だんだんと話がおかしな方向へ進んでいる気がするんだけど……？

俺の不安をよそに、レメット様は高らかに宣言した。

「私たちアヴェルガ家はバーネット商会との取引をやめ、今後はウィルムさんと専属契約を結ぶ方向で考えています」

「えぇっ⁉」

せ、専属契約だって⁉

「で、ですが、俺はもうバーネット商会には――」

「バーネット商会などどうでもいいのです。前々からそうですが、私たちアヴェルガ家は、あなたがバーネット商会の人間だから仕事を依頼していたのではないのですよ？」

「えっ……？」

「あなただからです。お父様も言っていましたよ。いい仕事をする工芸職人《クラフトマン》のウィルムさんがいるから、バーネット商会に仕事を依頼する、と。だから、まったく逆なんですよ」

そうだったのか……俺はてっきり、大陸でも最大手のバーネット商会にいる人間だから仕事を依頼されていると思っていたけど――どうやら、それは違ったみたいだ。

「私たちとしては、これからも末永いお付き合いをお願いしたいのですが？」

「……よ、よろしくお願いします」

俺は深々と、力いっぱい頭を下げた。

こうすることでしか、感謝の気持ちを表現できなかったのだ。

ゼロからのスタートとなった俺の新生活。

しかし、どうやらゼロだと思っていたのは俺だけだったようだ。

◇　◇　◇

——といったわけで、クビになったことで解消したと思っていたアヴェルガ家との契約は、俺個人との専属契約という形で続行することとなった。

本音を言わせてもらえばありがたいし、俺のことをそこまで思っていてくれたと嬉しくもあった——が、どうもそれだけでは済まなそうだ。

というのも、レメット様と一緒に来ていたメイドさんたちが、何やら慌ただしく動き回っているのだ。

何事かと思って見ていると、彼女たちはテントの設営を始めていた。

「テントでの寝食……これこそ、山での生活の醍醐味《だいごみ》です！」

瞳を輝かせながら語るレメット様。

そういえば、憧れの職業に「冒険者」って答えていたことがあったな。まあ、さすがにフリード様が許さないだろうけど。

「申し訳ありません、ウィルム様」

テンション爆上がりのレメット様に圧倒されていると、一緒についてきたメイドたちのまとめ役を務めるアニエスさんがそう言って頭を下げた。

腰まで伸びた長い紫色の髪と、右目の下にある泣きぼくろが特徴的な美人――彼女とも面識がある。

アヴェルガ家には何度も顔を出したが、よく応対してくれたのがアニエスさんだった。レメット様の専属メイド長を任されていることからも、厚い信頼を寄せられているのが分かる。

そういった事情から、アニエスさんとは顔を合わせる機会が多く、次第に仕事とは関係のない世間話をする間柄になった。年齢的にも年上なので（一歳上）、俺としては優しくて美人なお姉さんという感覚で接している。

「お嬢様は商会をクビになったウィルム様をずっと心配しておられましたから、こうして新しく生活拠点を見つけてホッと安心しているのです」

「それに加えて、ずっとやってみたかった冒険者生活っぽいことができて、めちゃくちゃ上機嫌ですね」

「はい。……あとから来たバーネット商会の親子にもかなりの不快感があったようですし」

「あぁ……」

きっと、ラストンがジロジロといやらしい視線を送っていたんだろうな。前職場でもそれが女性商人たちの間で散々話題になっていたし。

「まあ、何はともあれ、アヴェルガ家の後ろ盾があるというのは、これから工芸職人《クラフトマン》をしていくうえで非常に重要かと」

「確かにそれはありますけど……俺としては、そこまで必死になって金儲けをしようとは思っていないんですよね」

「そうなのですか？　私はてっきり、わざとクビになるように仕向けたのかと。そしてゆくゆくは、クラフトスキルを駆使して世界を牛耳《ぎゅうじ》ろうと画策《かくさく》しての独立かと思っていましたが？」

「………………」

この人は俺をなんだと思っているのか。

とはいえ、アニエスさんが突拍子《とっぴょうし》もないことを言いだすのは今に始まったことじゃない。これもまた、彼女なりのユーモアってヤツだ。

「そんなつもりは毛頭ありませんよ」

「しかし、あなたの抱えていた顧客といえば、その道の超大物ばかりとうかがっていますが？」

「えっ？」

「すいません。旦那様が調べていたようでしたので、つい」

いや、「つい」って……いや、そもそも常連のお客さん自身が情報を提供したって可能性もなくはないな。それくらいアヴェルガ家は顔が広いし。

「とにかく、俺はここでのんびりとセカンドライフを楽しみたいだけです」

「それならばよかったです」

ニコッと微笑《ほほえ》むアニエスさん。

……黙っていれば凄い美人なんだけどなぁ。

なんだか照れ臭くなってきたので、話題を変えるとするか。

「ところで、そのテントに六人は多すぎませんか？」

「お嬢様も承知の上ですので」

「それはそうかもしれないですが――あっ、そうだ」

俺はある案を思いつき、それをアニエスさんへと持ちかける。

「これからこの山小屋をさらに改装する予定ですが、みなさんの部屋も増設していこうと思います」

「そんなことが……いえ、あなたのクラフトスキルならできそうですね。条件さえ揃えば、邸宅にまで昇華させることが可能でしょうし」

「そこまで大掛かりになるかどうかは、今後の素材の集まり次第ですけどね」

俺のクラフトスキルは、ゼロから何かを生み出すことはできない。しかしたとえわずかでも、その場に存在している物があるなら、そこに付与効果をつけて強化することができる。それが俺のクラフトスキルだ。

だから、この山小屋をスケールアップさせるにはもっと素材が必要になる。

「う～ん……増設となると、素材はかなり必要になりますね」

「この辺りで集められる物ですか？」

「はい。うまくいけば二階建てにすることもできるかと」

「本当ですか!?」

この話に、レメット様も食いついた。

「あら？　レメット様はテントでの生活をご希望だったのでは？」

「えっ!?　ま、まあ、確かにそれはそうなんだけど……ウィルムさんのスキルで作った家にも興味があるなぁって……」

もじもじと指を絡ませつつ、レメット様はそう告げた。その視線からするに、かなり期待をされているようだが……正直、完成した際のクオリティは保証しかねる。

「二階建てにはなるかもしれませんが……アヴェルガ家の屋敷には遠く及ばない出来になるかと」

「それでもいいのです。――あなたがスキルを発揮して何かをするのは、お父様からの依頼ばかりでしたから」

そりゃ依頼主がフリード様だからなぁ。

しかし話を聞く限り、レメット様も前々から俺のクラフトスキルで何かを作ってほしいと思っていたらしい。

つまり、これから山小屋を改装していく過程で自分たちの部屋ができれば、それがレメット様のために初めて使うクラフトスキルということになる。

「では、早速素材集めから始めましょうか」

「お嬢様、この辺りにはまだ何が潜んでいるか分かりません。私たちのそばを離れないようお願いします」

「手分けして探した方がたくさん手に入りますよ？」

「お嬢様の安全が最優先です」

これについては、アニエスさんが正しいな。

レメット様は腑《ふ》に落ちない感じだったが、さすがにアヴェルガ家のご令嬢をひとりにしてはおけない。こうして、メイドさんたちに守られながらの素材集めが始まった。

それと念のため、ルディには周辺を飛び回ってモンスターや山賊などがいないかどうか、調査に出てもらうとしよう。

「素材といっても、一体何を集めればいいのでしょう」

「基本的にはなんでも大丈夫です。たとえば足元に落ちている石でも木の枝でも――それらはウィルムさんのクラフトスキルで付与効果を得た状態で生まれ変わるのです」

「素晴らしいです！」

アニエスさんが指導役になって、次々と素材を集めていく。

その間、俺はできる範囲でこの山小屋をもっとグレードアップさせていくとするか。

「まずはみんなの部屋作りだよなぁ」

俺は、事前にもらっておいた素材を使って準備を始めた。

ここで初めて【強化】のスキルを使うわけだが……【造形】や【修繕】に比べると一番扱いやすいというか、少ない魔力で行えるのがこの【強化】だ。

とはいえ、スキル自体が魔法に比べて魔力の消費量が少なくて済むのが特徴と言えるので、他のふたつのスキルも魔法と比較すれば非常にコスパがいい。そこら辺に落ちている素材を集め、少ない魔力でここまでできるとは……我ながら便利なスキルだと再認識するよ。

そんなことを考えつつ、俺は【強化】のスキルを発動させる。

【造形】は生み出すイメージ。

【修繕】は元の形に直すイメージ。

そして【強化】は素材と対象を融合させるイメージ――を頭に思い描く。

やがて他の能力を使用した時のように床が光で包まれ、それが消えるとボロボロだった箇所がなくなり、まるで新築同様に生まれ変わる。

今回は【修繕】と違い、素材を盛り込んだ分、以前よりも強度が増している。

元々はひとりか多くてふたりで暮らすのが精一杯のサイズだから、あれだけの人数が一度に入ると壊れてしまうかもしれないという不安があった。しかし【強化】を使用することで、それも解消する。やっぱり、【修繕】より【強化】を選んで正解だったな。

「よし。この調子でやっていくか」

完成した廊下を眺めつつ、次の作業へと取りかかる。

窓や壁、それにみんなが寝られる部屋の準備と、やるべきことは山ほどあるからな。

テンポよく進めていかなくては。

◇　◇　◇

――作業開始からおよそ五時間。

「こんなところかな」

二の腕で額《ひたい》の汗をぬぐい、ひと息つく。

お昼食休憩を挟みながら作業を続け、なんとか人数分の部屋の増設と最低限の生活環境を用意することに成功した。もちろん貴族の屋敷に比べたら物足りない広さだが、家具はひと通り揃っているし、森の中という状況を考えたら住みやすい環境だと思う。

……けど、相手は一流貴族だからなぁ。

現状に満足できないかもしれない。

俺はみんなの意見を聞くためと素材集めがどうなっているのか知るため、レメット様たちのもとを訪れた。

そこには、こちらの想像を遥《はる》かに超える光景が。

「わっ⁉　こんなに集めたんですか⁉」

驚いたのは、彼女たちが集めた素材の量だった。おまけにジャンルごとに分けられていて、必要な物が見つけやすい仕様となっている。

相当力を入れて探したらしく、レメット様はぐったりとしており、今はメイドさんの膝枕《ひざまくら》でお休み中。なので、アニエスさんが代わりに説明をしてくれた。

「いかがでしょうか、ウィルム様」

「す、凄いですよ！　よく短時間でこれだけ集められましたね！」

「探すこと自体は難しくありませんから」

周囲を見渡しながら、アニエスさんはそう告げた。

そりゃあ、ここは大自然のど真ん中って感じの場所だからな。素材の宝庫といってもおかしくはないし、そもそも俺がここを選んだ理由のひとつがその「素材の集めやすさ」だった。

俺のスキルは非常に使い勝手がいい。

しかし、それはあくまでも素材が揃っていればの話。王都のような都会ではなかなか手に入らない物が多いし、あったとしても店で売られている商品が大半だった。

だから、ここはまさに宝がゴロゴロ転がる理想郷といっても過言ではない。その気になれば、城ひとつくらい建設できそうなほどだ。

……さすがにそこまでの大物は望まないが、屋敷をグレードアップしていくには十分な素材が周りに落ちている。

レメット様たちが頑張ってくれたんだ。

ここからは俺もさらに気合を入れて今日の目標を果たすために働くとしよう。

「山小屋の方はどうなりました？」

「とりあえず、みんなの部屋とベッド、それから最低限の家具は揃えたつもりです」

「さすがですね。中を拝見させていただいても？」

「ぜひお願いします」

レメット様はまだ復活しそうにないし、まずはアニエスさんのお眼鏡にかなうかどうか、チェックしてもらうとするか。

小屋――というより、もう屋敷レベルに大きくなったそこに一歩足を踏み入れた途端、アニエスさんの表情が一変する。

「ふむ……」

二十代半ばという若さで国内でも屈指の大貴族であるアヴェルガ家ご令嬢の専属メイド長を務め

るだけあり、その眼光は非常に鋭かった。物陰に潜むわずかな汚れさえ逃さない姑《しゅうと》のような風格がある。

アニエスさんが室内の見回りを開始してからおよそ十五分。それまで忙《せわ》しなく動いていた足がピタリと止まった――それは、すべてのチェックが終了した合図でもある。

「……ウィルム様」

「は、はい」

緊張しながら待っていると、アニエスさんはこちらへと振り返って右手の親指をグッと上げた。

それってつまり――

「大変素晴らしい出来ですね。これならば、お嬢様にも満足していただけるでしょう」

「ホ、ホントですか⁉」

高評価をもらえてホッと胸を撫で下ろす。

だが、アニエスさんの話はこれで終わりではなかった。

「しかし、少々問題があります」

「と、いうと？」

「寝る場所が少し狭いですね」

なるほど。

それは確かにそうかもしれない。

さすがに、アヴェルガ家の屋敷を訪ねた際にレメット様の寝室へ入ったことはなかったので、とりあえず大きめに設定したのだが……それでも、まだ庶民感覚のサイズだったか。

「分かりました。もう少しサイズアップを試みてみます」

「可能ですか？」

「壁を一度取り壊して補強しながら拡張をしていこうかと」

「そのようなことが……工芸職人《クラフトマン》とは、本当に優秀なスキルを持った方なのですね」

「まあ、万能って面ではこれ以上のスキルはないかと。……ただ、ここまで使えるようになるには、相応の経験が必要になりますけどね」

そう告げて俺はふと思い出す。その経験が、ラストンには致命的に足りなかったなと。

工芸職人《クラフトマン》といっても、その技能はピンキリだ。

初心者は簡単な武器強化系などから始め、年数を経て、さっきまで俺がやっていたようなそこら辺に落ちている石や木片を加工することも可能になる。そして、最終的には必要素材さえあればさまざまな物を作り出せるようになるのだ。

正直、ラストンが工芸職人《クラフトマン》としてどこまでやれるのかは未知数だ。――仕事してるとこ見たことないし。

実はできるヤツかもしれないけど、とはいえ、仕事の実績はひとつもない。いつも遊び惚《ほう》けていたからなぁ……もしかしたら初心者でもできるクラフトスキルの応用さえ難しいかもしれない。

もしかして……バーネット代表は俺がどんな常連客を抱えていたかは把握していたけど、業務内容まではチェックしていなかったのかもしれない。大方、雑用並みの簡単な仕事を任されていると想定し、工芸職人《クラフトマン》として未熟なラストンでも仕事になると踏んだのか。

だとしたら、このあと商会が払うことになる代償は相当大きいものになるだろうな。

「どうかしましたか、ウィルム様」

「えっ？　あ、いや、なんでもないですよ」

「そうですか。でしたら、こちらのキッチンを貸していただいてよろしいですか？　そろそろ夕食の準備をしようかと思いまして」

「え、えぇ……よろしくお願いします」

まさか、アニエスさんの手料理をいただけるとは。

アヴェルガ家には専属のシェフが住み込みで働いているが、アニエスさんの料理の腕はそのシェフにも負けず劣らずだという。今から夕食が楽しみになるが――問題は食材だ。

「山菜などは至るところに生《は》えているので採集可能ですが、メインとなる食材が欲しいですね」

「なら、魚とかはどうです？」

「近くに川がありますが、道具は――あっ」

「そう。道具ならあるんですよ」

俺は素材として余った木片を使い、数本の釣竿《つりざお》を調達。さらに山小屋内で発見した金属片で疑似《ぎじ》餌《え》を作り、これに同じく金属片から作り出した針をくっつけて、即席のフィッシングアイテムを生み出した。

アニエスさんは調理担当ということで待機してもらい、他のメイドさんたちと一緒に川へ向かおうとしたら、

「私も行きます！」

レメット様も参戦表明。

あまりにもヤル気満々だったので、新たにもうひとつの釣り道具を用意し、揃って川へと繰りだしたのだった。

◇　◇　◇

川へ移動してきた俺たちは、早速そこを覗《のぞ》き込んでみる。

魚影が見えるから、魚自体はいるみたいだな。

「大きな音を立てると逃げるから、静かに攻めましょう」

「わ、分かりました」

レメット様は初めての魚釣りに緊張しているようだった――って、魚釣りってそこまで緊迫した空気を醸《かも》し出してやるものじゃないんだけどな。

「で、では……」

俺の教えた手順通り、レメット様は疑似餌を静かに川へ投入。それをあたかも本物の虫であるかのように見せかけるため、竿を静かに動かしていく。

しばらくすると、竿先がピクピクと動き始めた。すぐには反応せずに少し待って、より強く竿が引っ張られる感覚が来ると、レメット様は竿をあげる。

すると、水面から疑似餌に食らいついた魚が飛び出した。

「や、やりましたぁ！」

喜びのあまり大絶叫し、メイドさんたちも拍手でお祝いしている。一方、俺は魚を川へ落とさないうちに針から外して籠《かご》の中へと放り投げた。

「お見事でした、レメット様」

「…………」

「？　あの、レメット様？」

「…………」

声をかけてみるも、無視される。

あ、あれ？

何か気に障るようなことしたかな――と、不安になっていたら、

「その呼び方には前々から疑問がありました」

「へ？」

「私の方が年下ですし、もっと気さくに呼び捨てで名前を呼んでください。あと、今後は敬語の使用も禁じます」

「えぇっ⁉」

立場が違いすぎるがゆえの敬語だったが……どうやら、レメット様はそれが気に入らなかったらしい。

「ちなみに、お父様からも許可はもらっていますので、気兼ねなく呼び捨てで呼んでいただいて構いませんよ？」

「構いませんよって……」

だからといって「はいそうですか」と返事はできない。

——しかし、彼女の父親であるフリード様が許可しているとなると、逆に敬語を使って話した方が失礼になるのではないか？

「えぇっと……レメット？」

「はい！」

物凄い勢いで返事が来た。そしてめちゃくちゃ嬉しそうだ。

俺としては大貴族のご令嬢を呼び捨てで呼ぶのには抵抗があったが……メイドさんたちも喜んでくれているみたいだし、よしとするか。

その後、なんとか人数分の魚を調達して帰宅。

釣ってきた魚を調理担当のアニエスさんへ渡す。

「それでは、調理させていただきますね」

手際よく魚をおろしていくと、アニエスさんはササッとおいしそうなムニエルに仕上げ、そこに山菜を使った特製のソースをかけていく。

その味はもちろん――

「うっまい！」

思わず叫んでしまうほどのおいしさだった。

「さすがですね、アニエスさん」

「お褒《ほ》めいただき光栄です」

「むぅ……私も料理を覚えようかしら」

「お嬢様、メイドから仕事を取らないでください」

森の中の食卓はおいしい料理と温かな笑みで満たされ、とても充実した時間を過ごすことができたのだった。

◇　◇　◇

翌朝。

「うぅ～ん……」

窓から差し込む木漏れ日《こもれび》で目を覚ましたが、何やら違和感を覚えて視線を隣へと移した。

その瞬間――

「っ!?」

俺は思わず息をのんだ。

なぜなら……俺のベッドに見知らぬ女の子が潜《もぐ》り込んでいたのだから。

「えっ!?　えぇっ!?」

慌ててベッドから出ると、思わず叫んでしまった。

「どうかしたの、ウィルム！」

「何か問題でも起きましたか？」

すると、その声を耳にして異変が起きたと思ったレメットとアニエスさんが部屋へと入ってきたのだが、

「「あっ！」」

俺のベッドの上で寝息を立てている少女を見て硬直。

その横で俺も完全に動きがフリーズしていた——と、その時、

「あ、あれ？　あの耳は……」

気になったのは少女の耳。

もしかしなくても、あれは……狼《おおかみ》の耳だ。

「ま、まさか……」

ふと脳裏に浮かんだのは、かつてバーネット商会に所属していた際に常連客となっていたある獣人族のことだった。

［幕間］　翡翠《ひすい》の島の獣人族

メルキス王国北部に位置する港町ベイノス。

その沖合《おきあい》には大きな島がある。

だが、そこに足を踏み入れようとする人間はいない。海が荒れているとか、巨大な海棲モンスターがいるとか、そういった理由ではなく——島の内部に問題があった。

遠くからでも、島の環境が過酷《かこく》であることが見て取れる。

島のほぼ全域は鬱蒼《うっそう》した木々に囲まれており、迷い込んだら最後、二度と島の外へは出てこられないと考えられていた。手つかずの大自然が残るその光景は圧巻。地元ベイノスの人々が、広大な森の緑から「翡翠島」と名づけたほどであった。

そんな翡翠島にウィルムが降り立ったのは商会をクビになってからおよそ一週間後。

アヴェルガ家へ退職と引き継ぎの挨拶に訪れた後であった。

彼はこの島に住む獣人族たちと親しく、俺らは常連客に名を連ねている。

とはいえ、獣人族たちが島を出ることはないため、必要なアイテムを持ったウィルムが定期的に訪問販売に訪れるという形で商売をしていた。

人間に対して、当初はあまりいい感情を持っていなかった島の獣人族たちだが、ウィルムの誠実な人柄や真面目な仕事ぶりにだんだんと心を開いていき、ついには彼が来るのを心待ちにする者ばかりとなっていた。

なので、ウィルムの退職には多くの者が驚き、そしてショックを受けていたのだった。

◆　◆　◆

ウィルムが引き継ぎの挨拶を終えて島を去ってからさらに一週間後。

翡翠島に住む獣人族をまとめる長《おさ》――狼の獣人族であるザクセンは苦悩していた。

原因は、連日続いているウィルムロスによる島民たちの落胆《らくたん》ぶりにある。

生活に便利で、だけど自然の物を使い、自分たちと分け隔《へだ》てなく接してくれたウィルムの存在は、いつしかこの島に欠かせぬものとなっていた。

だが、そのウィルムはもういない。

後任のラストンという男からは、名前と短い挨拶が記された小さな紙切れ一枚を商会が手懐《てなづ》けている使い魔《つかま》を通して寄越したのを最後に、連絡がない。危険を冒《おか》してまでもこの島に単身で乗り込み、じっくり時間をかけて島民たちと打ち解けていったウィルムとは雲泥《うんでい》の差であった。

「けっ！　何が後任だ！　ふざけやがって！　この島に住む者たちが望んでいるのは他の誰でもねぇ！　ウィルムなんだよ！」

ラストンの名前が書かれた紙を力任せに丸めると、ザクセンは怒りに任せてそれを地面に叩きつけた。

ちょうどその時、同じく狼の獣人族である少女がザクセンのもとへとやってくる。

「お父さん！」

ふわふわの茶色い毛で覆われた尻尾と、その尻尾と同じ色をした長い髪をなびかせながら駆け寄るのは、ザクセンのひとり娘であるソニルだった。

「ソニルか。どうした？」

「また手紙だよ！」

緑色の瞳をパチクリと瞬《まばた》きさせて、ソニルは手にしていた紙をザクセンへと差し出す。

「手紙ぃ……？　どうせあの商会の人間が送ってきたんだろ。捨てちまえよ」

「それがそうじゃないみたいだよ。送り主は――フリード・アヴェルガって人みたい」

「アヴェルガだと？」

その名には聞き覚えがあった。

「……そりゃこの辺りを領地にする人間の名前だな」

「りょうち？」

「人間の中でも無駄に権力を持っている貴族って連中だよ」

「きぞく？」

「……まあ、いいや。一から全部説明すると長くなるし、今のおまえには理解できないだろうからな。そういう難しいことは大人に任せておけ」

ザクセンは手紙を受け取ると、それを読み進めていく。

彼はこの島に住む者の中で唯一人間の使う文字の読み書きができるのだ。

「……その領主様が俺を呼んでいるみたいだな――しかも、ウィルム絡みだ」

「ウィルム⁉　もしかして、ウィルムが帰ってくるの⁉」

話題がウィルムのことに及ぶと、ソニルの表情は一気に明るくなった。

人間の年齢でいうと約十三歳であるソニルは、まだまだ子どもらしさが残っている。そのため、ウィルムには無邪気に懐き、実の兄のように思っていたのだ。

「悪いな、ソニル。ウィルムに会えるわけじゃ――いや、待てよ」

ザクセンは考える。

わざわざ領主という立場にある大貴族のアヴェルガ家が、使い魔を通してこの島に連絡を寄越した。しかもウィルム絡みで。

しかも手紙によれば、アヴェルガ家の当主もウィルムを高く評価している。

さらに彼を驚かせたのは、ウィルムが商会代表の私情でクビにされた可能性が高いという一文であった。

「これが本当なら……許せねぇな」

それだけ告げると、ザクセンは踵《きびす》を返して歩きだす。

「ど、どうしたの、お父さん？」

「おまえも来い、ソニル。旅の支度だ」

「旅？」

「ウィルムに会えるかもしれないぞ」

「ほ、本当!?」

ソニルは尻尾を千切《ちぎ》れんばかりに振ると、父ザクセンのあとを追った。

こうして、Sランク冒険者パーティー【月光】に続いて、翡翠島の獣人族もアヴェルガ家の意向で動き始めた。

第四章　楽しい森での生活

ベッドに潜り込んでいたのは翡翠島に暮らす獣人族のソニルだった。

「あははは、ごめんね。本当は起こすつもりだったんだけど……気持ちよさそうに寝ていたから、つい」

笑顔でそう語る彼女との出会いは……随分《ずいぶん》前のことになるか。


――俺はかつて、翡翠島と呼ばれる島に行ったことがある。

クラフトスキルを使って作ったアイテムを売るため、その島に住むと言われる獣人族たちのもとを訪れたのが、彼女との出会いのきっかけであった。

その性格は天真爛漫《てんしんらんまん》で純粋無垢《むく》。

人懐っこくて、自然と人を惹《ひ》きつける不思議な魅力があった。

一種のカリスマ性とでもいえばいいのかな。

初めて俺があの島の人たちに会った時、全員漏れなく警戒していた。中には臨戦態勢を取って今にも襲いかかろうとする者までいた。そんな状況の中で、唯一好意的に俺の来訪を受け入れてくれたのがソニルだった。

彼女は島に住む獣人族をまとめている長のザクセンさんのひとり娘で、みんなから慕《した》われている人気者。そんな彼女が積極的に話しかけてくれたおかげで、俺もなんとか島の人たちと仲良くなることができ、常連客にまでなってくれた。

定期的に翡翠島を訪れるようになると、ザクセンがこっそり教えてくれた。

「ソニルには人を見る目がある」

「えっ？」

「おまえからすると、誰にでも人懐っこい子に映っているのかもしれないが……あいつはあれで警戒心が強いんだよ。現にこれまで何人か、おまえのようにこの島に上陸したヤツはいたんだが、ソニルはそいつらを怖がって、家から出ようとしなかったんだよ」

「そ、そうだったんですね……」

意外だった。

俺の知るソニルという少女の印象とかけ離れている。普段の彼女は明るくていつも笑っているイメージしかなかったからな。

……だが、そこでひとつ疑問が浮かんだ。

なぜ、ソニルは他の人間を怖がり、俺は平気だったのか。

「おまえの疑問に答えよう」

理由を考えていると、ザクセンさんがズボンのポケットから何かを取り出し、それを俺へと渡す。

一見するとただの石ころだが――

「こ、これって⁉」

驚きのあまり、俺は思わず叫んでしまう。

「そいつは魔力を含んだ特殊鉱石だ。人間たちの間では高値で取引されているらしいな」

「あ、ああ……量によっては、一生食べるのに困らないほどの価値がある」

「なるほど、どうりで必死になるはずだ」

そうか。

島に来た人間は、このような鉱石があるという噂を耳にした者たちだったのか。

……きっと欲望に目をギラつかせ、場合によっては力で彼らをねじ伏せようと考えたのかもしれない。実際は、人間より遥かに身体能力が高い翡翠島の獣人族には敵《かな》わないと悟って断念しただろうが。

ともかく、それならソニルが怖がるのも納得できる。

「そ、それにしても……そんな重要な話を俺にしてもよかったんですか?」

本業は工芸職人《クラフトマン》といえども、商会に所属している俺にそんな話をしてしまえば、また同じような事態になりかねない――まあ、俺はそんなこと絶対にしないけど。

それに対してザクセンさんは、

「ソニルがおまえを受け入れたからな。あの子がおまえを受け入れたのなら、俺たちもおまえを受け入れる。ただ、それだけだ」

あっさりと言ってのけた。

だから後任の話をした時、キッパリと「おまえの後任として相応《ふさわ》しいかどうかはソニルが決める」と言っていたな。

……ラストンじゃダメだろうなと思ってはいたが、どうやら俺の予想は的中したらしい。

――そのソニルが、まさか島を抜け出してこの森にいるなんて……一体どうしたっていうんだ？

何か、俺の考えの及ばない事態が起きようとしているのかもしれない。

そんな予感がして、詳しい話を聞こうとしたのだが、

「ですから！　なぜあなたはウィルムさんのベッドで寝ていたんですか！　私だってまだ一緒に寝たことないのに！」

「だからぁ、それは眠かったからだってばぁ。あっ、ルディも久しぶりだね」

「キーッ！」

「話を聞きなさい！」

……収まる気配を見せないレメットとソニルの言い合い——というより、レメットが一方的に捲《まく》し立てているな。

とりあえずレメットを落ち着かせつつ、俺はソニルに素朴な疑問をぶつける。

「君が俺のところに来るって、ザクセンさんは知っているのか？」

「もちろん！　だって、お父さんが行ってこいって送り出してくれたもん！」

「ザクセンさんが？」

「うん！　先に会って、もしウィルムが困っているようなら助けてこいって！」

どういうことだ？

もしかして、翡翠島に何か異常事態でも発生したのか？

そんな心配をしていると、レメット様から追加情報がもたらされた。

「あっ、そういえば、お父様が呼び寄せると言っていた人物の一覧に、獣人族のザクセンという名前があったみたいですけど……あなたの父親がその方なんですね」

「うん！　ザクセンは私のお父さんの名前だよ！」

あまりいい出会い方ではなかったふたりだが、すでに普通に話している。年齢も近いし、どちらもいい子だからきっと打ち解けられるだろうと予想していたが、まさかこんなに早く馴染むとは。

……それにしても、気になるのはアヴェルガ家の動きだ。

「あの、レメット。フリード様がどうしてザクセンさんを大陸へ呼び寄せたのか、理由を知っていますか？」

「それを語るには、もう少し前の話をしなくてはなりませんね」

「どういうこと？」

「元々はあなたがバーネット商会をクビになって、常連のお客さんたちにその知らせと引き継ぎの挨拶を行っていた最中に起きたのです」

言われて、ハッとなる。

アヴェルガ家も翡翠島の獣人族たちも……どちらも俺の抱える顧客で、常連客だった。

「あなたの抱えていた顧客たちの一部から――と言っても、かなりの数になりますけど。とにかく、アヴェルガ家に連絡が来たんです。ウィルムについて一度会って話がしたい、と」

「えっ？」

それは初耳だな。

「そこでお父様は他の常連客も捜し出してコンタクトを取り、一斉に顔を合わせる機会を設けました。今、世界中から徐々に集結しつつあると思います」

「なるほど。それでソニルがここに……でも、どうしてこの場所が分かったんだ？」

「ベルガン村の場所はレメットのお父さんに教えてもらえたから、あとは匂いをたどってここまで来たの」

「に、匂いをたどって……？」

レメットは「マジか」って顔をしているが、狼の獣人族であるソニルならそれくらいやってのけるだろうなって思えてしまう。

しかし、そうなると……気になるのはフリード様の狙いだ。

どうして俺の常連客たちとコンタクトを取ろうとしたのか……会って話がしたいという要望があったとしても、大貴族で多忙を極めるフリード様がわざわざ時間を割いてまで彼らと会う理由はなんだろうか。

——その答えは、思いのほかシンプルなものだった。

「お父様は、他の常連客たちも自分と同じようにウィルムさんがいなくなって困っているだろうと彼らに声をかけ、協力してサポートしていこうと考えています」

「サ、サポート？」

「あっ！　きっとお父さんもそれがしたくて大陸に来たんだよ！　ウィルムがいなくなってからずっと寂しそうにしていたし！」

あのザクセンさんが寂しそうにしている姿は想像つかないけどなぁ。

ともかく、アヴェルガ家は専属契約を結んでくれたばかりだが……他の常連客も集めたってことは、他の人たちも同じ思いでいてくれたってことなのか？

……もしそうなら、職人としてこれ以上嬉しいことはない。

それに、レメットの話ではアヴェルガ家に連絡を取った人はまだ他にもいるらしい。——ってことは、ここに来る人もまだ増えそうだな。そうなってくると、山小屋をさらに大きくすることと、農場や家畜の飼育スペースなど、実用性のある施設を作っていく必要がある。

「腕の見せどころってわけか……よし！　それなら今日は畑づくりから始めようか」

昨日、なんとか二階建てとしての改装が完了したため、ソニルがしばらく寝泊まりすることになったとしても空き部屋にはまだ余裕があった。

今日は小川から少し離れた位置に畑を作ろう。

可能であれば、周囲の木を伐採《ばっさい》してもう少しスペースを確保したいところだが、その辺は専門家の意見も聞きたい。なので、可能な範囲で始めることにした。

育てる野菜の種については、ベルガン村のアトキンス村長に分けてもらうことになっているため、まずは何より畑そのものを作らなければ話を進められない。

今回もまたみんなに協力を要請するつもりだが――その時、ソニルからある提案が。

「ウィルム、私はこの森をもう少し調べてきてもいい？」

「森を？　構わないけど……迷子にならないよう気をつけてくれよ」

「もっちろん！　じゃあ、行ってくるね！」

言い終えたと同時に、ソニルは物凄いスピードで森の中を疾走《しっそう》していく。

全体を青々とした樹木に囲まれていることで翡翠島と呼ばれるようになった場所で生まれ育った

彼女には、人間にとって動きづらいこの森であっても、まるで平地と変わらないくらいの運動量で駆け回れるのだ。

「さすがはソニルだな」

どのみち、俺も落ち着いたらこの辺りをもうちょっと調べてみようと思っていたし、体力的にも身体能力的にもソニルに任せておいた方が効率よさそうだな。

まだ十三歳くらいの少女だが、戦闘力は折り紙つき。パワーも桁違《けたちが》いだし、その辺の心配はいらないだろう。

そういった事情を知らないレメットやアニエスさんは「ひとりで行かせて大丈夫か？」と不安そうにしていたが、彼女の能力を説明して問題ないと伝える。

むしろ心配すべきは彼女が迷子にならないかどうか。本人は自信満々だったが、やはり不安だ。

そこで俺はルディに、上空から彼女に接近して一緒に探索をしてきてくれとお願いする。

ルディはこれを快諾。

すぐさま大空へと舞い上がってソニルのあとを追っていった。本当に頼れる相棒だよ。

まあ、ソニルは匂いをたどってベルガン村からここまで来たって言っていたから、よほどのことがない限り迷子になることはないだろうけど、これもひとつのリスク管理ってヤツだ。

気を取り直して、俺たちは畑づくりへ挑み始めた。

作業をする際に肝心なのは農具だ。

とりあえず、石と木片をクラフトスキルで人数分の鍬《くわ》にして用意。これで土壌を耕《たがや》すところから始める——のだが、名家のご令嬢と彼女に仕えるメイドさんたちに土いじりをさせることには抵抗がある。

しかしこちらの心配とは裏腹に、彼女たちは非常にノリノリだった。

「これで地面を掘ればいいのですね？」

「レメットお嬢様、こちら側を上にした方がよろしいかと」

「あっ、そうね」

初めての農作業にあたふたしているレメット。一方、メイドさんたちも普段やっているのは屋敷の庭園の手入れだったりするので、野菜を作るための農場となるとこれがほぼ初挑戦だろう。

そういえば……みんな農業には向いていない格好だよなぁ。もう少し動きやすい服を調達できればいいけど……それとなくアニエスさんに相談してみるか。

ただ、全員がとても楽しそうに作業しているのがとても印象に残った。普段の生活なら絶対にそうはならないってくらい泥だらけになりながらも、俺の指示に従って一生懸命に畑を耕していく。


——作業開始から数時間後。

お昼休憩も挟みながら農作業は順調に進み、夕暮れを迎える前には見違えるようだった——とはいえ、まだ土を耕したくらいで、完成にはほど遠い。これはちょっと時間がかかりそうだ。

「みんな、ご苦労様」

「ふぅ……初めて畑づくりをしましたが、野菜というのはこのような苦労を重ねて私たちの食卓に並ぶのですね」

額の汗をぬぐいながら、レメットが言う。

彼女にとっても、今回の農場づくりはいい経験となったようだ。

ちょうどその時、ソニルとルディも帰ってきた——とんでもないお土産《みやげ》を持って。

「ただいま！」

「おかえ——りっ⁉」

振り返った俺が目の当たりにしたのは、自分の身長よりも遥かに大きな猪を背負うソニルの姿であった。

「晩ご飯のおかずを狩ってきたよ！」

満面の笑みで報告するソニルとドヤ顔のルディ。

レメットやメイドさんたちは硬直していたが、ただひとりだけ平然としている人物が……

「なかなかいい猪ですね。山で採集した果実のソースをかけてステーキにしましょうか」

なぜかアニエスさんだけは冷静だった。

この人……実はとんでもない大物かもしれない。慣れた手つきで巨大猪の解体ショーとか始めるし。それが終わった直後、レメットが声をかけてきた。

「食事の前にお風呂をいただきたいのですが」

昨日は特に気にならなかったけど、今日は農作業でたくさん汗をかいた。そのため、レメットやメイドさんたちがまず汗を洗い流したいと思うのも当然のことだ。

「あっ、お風呂か……」

しまった。

お風呂を作っていなかった。魔力を注ぐことで熱を発する鉱石を仕込んでお湯を沸かすのが一般的ではあるが、今日は湯船すら用意できていない。

そもそも男のひとり暮らしを想定していたし、当分は温暖な気温が続くことから、風呂は近くの小川で済まそうと考えていたのだ。

ただ、さすがに女性陣にそれは酷《こく》だよなぁ。かといって、今から大慌てで作っても間に合いそうにない。完成する頃には夜になっているからな。

それを伝えると、レメットのメイドさんたちは何やらコソコソと話し合って、やがてひとつの結論を導き出した。

「小川で水を浴びます」

「ホントに⁉」

まさかそれを選択するとは思わなかった。

「あっ、それなら私も入る！」

ここでソニルも参戦表明。

この子が一緒なら安心感が増すな。嗅覚も聴覚も人間より優れているから、おかしなヤツが近づけばすぐに分かる。……というか、冷静に考えたら、こんな森の深い場所に来るヤツなんてそうそういないよな。

そういった事情もあり、女性陣は全員揃って小川へ水浴びをしに行くことに。


さすがに俺があの輪の中へ入るわけにはいかないので、アニエスさんの巨大猪料理の手伝いをしようと山小屋の中へと戻った。ついでに、今からでもできる小規模改装もしていこう。

「アニエスさん、何か手伝えることはないですか？」

「おや？　一緒に水浴びをしてこなくてよいのですか？」

「……いや、さすがに無理でしょ」

あんな華やかな輪の中に入っていく度胸はない。それ以前に、アヴェルガ家のご令嬢と翡翠島に住む獣人族長の娘が一緒になっている段階で、俺みたいな平民はお呼びじゃないのだ。

「猪の肉はかなり余ると思うんですけど……保存食にします？」

「えぇ。干し肉にでもしようかと思います」

なるほど。

それなら日持ちもするし、ピッタリだな。

「それじゃあ、毛はもらっていきますね」

「何に使うんですか？　コートを作るには、いささか毛質が硬いかと」

「屋根代わりにでもしようかなと思って」

別大陸の先住民族は、こうした動物の毛皮でテントを作ったりすると書物で読んだことがある。この毛皮を素材にして、さらに強固な屋根として再利用できるか試してみようと思ったのだ。

それに、猪の太くて頑丈な骨も活用できる。

武器にするか、防具にするか。

……なんだかワクワクしてきた。

解体された巨大猪から毛皮と骨を調達し、それらを綺麗《きれい》に洗って山小屋の外に天日干しにしつつ、アニエスさんの料理を手伝っていると、遠くからレメットやソニルたちの楽しげな笑い声が聞こえてくる。

今日はみんなよく働いてくれたから、きっとお腹を空かせて戻ってくることだろう。

それに間に合うように、調理を急がないとな。

［幕間］　辺境の地の鍛冶職人

ウィルムが森で暮らし始める数日前。

人里離れた辺境の地。

周辺に民家はないが――たったひとつだけ、鍛冶場が存在している。

「なんてこった……あのウィルムが……」

そこで頭を抱えていたのは、世界的に有名な鍛冶職人のデニスであった。

白髪白髭《しろひげ》のデニスは、年齢的な理由から近々引退を考えていた――が、彼の作る剣を愛用している者も多く、ウィルムはその仲介役を担っていた。

このような辺鄙《へんぴ》な場所にデニスが鍛冶場を開いた理由は、人間関係に嫌気がさしてのことであった。

元々名のある鍛冶職人だったが、自分を騙《だま》そうとする者や、せっかく作った剣で犯罪を起こす者が増え、「武器を作る」という鍛冶職人としての本分に疑問を抱くようになってしまい、逃げるように祖国を去った。

流れ着いた場所の住み心地はお世辞《せじ》にもいいとは言えないが、世間から離れて暮らしているうちに心身ともに癒されていくのが実感できた。

そんなある日、ウィルムがやってきた。

以前からデニスの腕に惚れ込んでいたウィルムは、なんとか彼を説得し、自分が剣を預かって信頼できる騎士団へ渡したいと考えた。

しかし、過去の出来事から人間嫌いになってしまったデニスはなかなかその案に乗ってこなかった。それでも、ウィルムは根気強く通い、ついに根負けしたデニスは一本だけ剣を作って渡すことにした。


数日後、再び鍛冶場に現れたウィルムは、デニスに一枚の紙を渡す。

それは新聞の記事を切り取ったもので、そこにはデニスの作った剣を使い、町を襲ったオークの群れを撃退した騎士たちの活躍が書かれていた。自分の剣が人の役に立ったと知ったデニスは、この出来事で忘れかけていた鍛冶職人としての情熱を取り戻した。

それからは以前のようにさまざまなアイテムを作るようになり、それらをウィルムに託して世界中へと届けていた。

――だが、そのよきビジネスパートナーであったウィルムは商会代表の私情により退職を余儀なくされた。

代わりに商会代表の息子が引き継いだそうだが、その息子――ラストンは未だに手紙一枚寄越さない始末。

「さて……どうしたものかのぅ」

困り果てるデニスだが、そんな彼に話しかける者が。

「大丈夫、お爺ちゃん？」

「あ、あぁ……問題なしじゃ」

心配そうにデニスの顔を覗き込んだのは、自慢の孫娘であるリディアであった。

年齢は十代半ば。美しいエメラルドグリーンの長い髪に、浅黄色の瞳が印象的な可愛らしい少女だ。武器作り以外はとんと疎い祖父の代わりに家事も行っているため、今やそちらの方の腕も一級品となっていた。

両親が早くに亡くなってから、この地で一緒に暮らしてきたリディア。

デニスは、彼女に自分の持つ鍛冶職人としての技術や知識を惜しみなく教えていき、彼女は今では若いながらも立派な職人へと成長していた。

リディアはウィルムと仲がよかったため、彼と結ばれてくれたら自分も安心して現役を引退できると思っていたが、まさかの「ウィルム退職」にショックを受け、今や創作意欲を完全に失っていた。

だが、このままではダメだ――そう思ったデニスは行動を開始することにした。

「……行くぞ、リディア」

「行く？　行くって、どこへ？」

「メルキス王国じゃ」

そう告げると、デニスはすぐさま支度を始めた。

目的地はメルキス王国――中でも、ウィルムの常連客であるアヴェルガ家の当主のもと。会えるかどうかは分からないが、きっと向こうもウィルムの突然の退職に動揺しているはずだと睨《にら》み、コンタクトを試みようとしたのだ。

「お爺ちゃん、どうしてメルキス王国へ？」

「ウィルムを救うためじゃ」

「ウィルムを？　ウィルムのためになるの？」

「そうじゃ」

「すぐに準備をするね！」

ウィルムのためと聞いて、黙ってはいない。

リディアは祖父デニスとともにこの辺鄙な場所を離れ、メルキス王国へ旅立つ決意を固めたのだった。

第五章　工房完成

ソニルの加入から一夜が明けた。

彼女の話とレメットからの情報を合わせると、何やら、これまで世話になった各分野の大物たちが集まってきているらしいが……俺のやることは変わらない。

今日は新たに手に入った素材を使って、山小屋に工房を構えることと、昨日の続きで農場の方にも少し手を加えたい。

で、レメットやメイドさんたちは畑の種まきを、ソニルは獲物狩りと山菜＆果実集めに勤《いそ》しんでもらうことにした。

ここではそれぞれがきちんと役割をこなし、生活のために働く。

まあ、こうした生活に慣れっこなソニルは心配なく順応してくれるだろうとは思っていたけど、まさか国内でも屈指の名家出身であるお嬢様のレメットがここまで食らいつくとは意外だった。

……いや、それどころか、レメットはここでの生活を心から楽しんでいる感じがする。

今も畑に野菜の種を植えながら、「どれくらい経ったら食べられるようになるかしら？　二時間くらい？」と楽しそうに土をいじっている。それが終わったら、野菜が育つまでの期間をきちんと説明しておこう。

ひとつ安心したところで、俺は工房作りへと挑む。

部屋作りに比べればずっと楽だ。何せ、ここの利用者は俺ひとり。つまりこの場所に関しては、何もかも俺好みにカスタマイズしても問題ない空間——何者にも口出しできない俺だけの城になるってわけだ。

早速、大きめの石と木片をクラフトスキルの能力【造形】でカウンター風の台座にする。

「おし！　いい感じだな！」

そこら辺に落ちている石と木だけでこれほど立派な物が作れるとは……鍛えておいてよかったな、クラフトスキル。

これで勢いに乗った俺は、次々にクラフトスキルで棚や机や椅子などを製作し、工房の中に配置していき、やがて元手がタダとは思えないほどしっかりした工房が完成した。

工房と言ったが、スペースのほとんどは素材の管理や完成したアイテムの保管用に取られていた。スキルの性能上、作業場はほとんどいらないからな。最初に作った、素材を置いておける台座さえあればそれでよし。

大体の形が出来上がった頃、試しにひとつ、アイテムを作ってみることにした。

「素材は――この骨を使おう」

メインで使用するのは巨大猪の骨。これにかけ合わせるのは山小屋の中で拾った金属片。恐らく、前の持ち主が持っていた剣の欠けた部分が落ちた物だろう。

それをクラフトスキルの力により、再び剣としてよみがえらせる。

「どれどれ……うん。悪くはなさそうだな」

正直、剣術スキルは皆無に等しいため、正当な評価は専門家である剣士にしてもらう必要がある。

それに、俺がかつて世話になっていた鍛冶職人のデニスさんが作った剣に比べたら雲泥の差がある。

まあ、そもそもそこは比べるのが失礼なくらいだが。

ただ、冒険者みたく、質より量にこだわるタイプには受けがよさそうだ。

軽いが強度は確かだし、何より安価という点が大きい。

「猪の骨……これは意外と掘り出し物の素材かも」

ソニルの持ち帰った巨大猪がここまで役に立つとは思わなかった。

今日も狩りに出かけているが……次はどんな獲物を狩ってくるのか、ちょっと楽しみになってきたな。

工房が完成すると、いよいよ本格的に今後の活動について考え始める。

手始めに、森を越えた先にある港町ハバートへ行こうと思う。

あそこには、許可さえ取れば自由に屋台を出して商売ができる区域が存在している。売り上げの何割かは納めるルールとなっているが、その割合も良心的な設定だ。

――と、いう明日の予定をその日の夕食後にみんなに告げる。

「それなら私も行きます」

「私も！」

「お嬢様が行くのでしたら、私たちメイドもお供しないと」

結局、全員参加って流れか。まあ、こうなるだろうと予想はしていたけどね。

とりあえず、港町へ向かうルートを確認するために丸テーブルに地図を広げ、ベルガン村から森を通ってハバートにいたるルートを細い指でなぞっていく。

すると、俺はある点に気づいた。

「あれ？」

「どうかしましたか？」

「いや……この場所って……」

俺が地図のある一点を指さすと、みんなの視線がその一点に集まる。

そこは山小屋のある位置。

メルキスの王都からこの山小屋を目指して進み、さらに山小屋を越えたその先にあるのは、国内で最大級を誇る港町ハバート――つまり、この山小屋は王都とハバートを一直線に結んだその中間地点にあったのだ。

「これは……驚くべき偶然ですね」

事態を理解したアニエスさんがポンと手を叩きながら言う。一方、レメットとソニルのふたりは状況をのみ込めず、カクンと揃って首を傾げた。

無理もないか。

この辺の情報に関してはふたりとも疎いだろうから。

「長年、王都とハバートを結ぶ交易路は、ひどく不便であると行商人たちからクレームが来ていたんだけど、これといった打開策を見いだせないままだった」

「「ふむふむ」」

熱心に俺の説明を聞くふたり。

本題はここからだ。

「これまではハバートから迂回《うかい》して王都を目指すルートが一般的だったんだけど、これだとかなり時間がかかる。けど、ここを真っ直ぐ突っ切れば最短ルートで港町ハバートと王都を結ぶことができるんだ」

「それって……かなり凄いことじゃないんですか？」

ようやく整理のついたレメットが、目を見開いて俺を見つめながら告げる。

それにまず反応したのはアニエスさんだった。

「もし、この森を通じて王都とハバートをつなげる最短ルートが確保できるとしたら……とんでもないことになりますね」

アニエスさんの言葉を聞いて、俺はハッとなった。

もしかしたら……ガウリー外交大臣はそれを見越して俺がここに住むのを認めたのか？

いや、でも、それなら最初会った時に言っているか。

俺は改めて地図に視線を向ける。

王都と港町を結ぶ一直線のルート……もしこれが実現できたら、メルキス王国が経済的に大きな発展を遂げるきっかけになるかもしれない。商会をクビになった俺を快く受け入れてくれたガウリー大臣やこの国にはいずれ恩返しをしたいと思っていたが、これはその恩返しになるのではないか。

ただ、実際にやるとなったらまず大臣に相談だな。

あとは実際に港町ハバートまで足を運んで、道を作るのに問題ないかどうか試してみないといけない。

というわけで、明日は朝早くからみんなで港町へ向けて出発することとなった。

——今、俺のセカンドライフは大きく動きだそうとしている。

〔幕間〕　大物集結

その日、アヴェルガ家はいつになく緊張に包まれていた。

Sランク冒険者パーティー【月光】のリーダー、エリ。

翡翠島に住む獣人族たちの長、ザクセン。

もはや存在自体が伝説となりつつある鍛冶職人、デニス。

本来であれば、まず間違いなく顔を揃えないであろう三人が、アヴェルガ家の屋敷に集結していた。

応接室で待機している三人のもとへ、当主であるフリード・アヴェルガが姿を現した。

「とりあえず、現段階で集まったのはあなた方三人のようだな」

「……他にもいるのか？」

「それについてはこちらのリストで確認してもらいたい」

フリードはかつてレメットにも見せたウィルムの顧客リストをテーブルの上に出す。これは本人によって提出された物ではなく、あくまでも現段階でアヴェルガ家が把握している者を挙げただけで、実際の人数はこれよりもさらに多いと付け足した。

リストを目の当たりにした三人の額から汗がこぼれ落ちる。

そこに連なるのは、冒険者として常に最新の情報を収集しているエリはもちろん、一般社会から隔絶《かくぜつ》した環境下で暮らしているザクセンやデニスでも知っているほどの大物たちの名前であった。

「……さすがだな、ウィルム。これだけの大物たちを顧客に抱えていたとは。そこらの工芸職人《クラフトマン》とはわけが違う」

「エリ殿の言う通り、ウィルムは優れた人材だ。そんな彼をこのままにしておくのはあまりにも惜しい」

「その点については同意するが……当の本人はなんと言っておるのじゃ？　ワシは彼が俗世との交流を絶って静かに暮らしたいというのであれば、その意見を尊重するつもりでおるのじゃがのう？

もっとも、これまでのような関係は今後も継続していきたいが」

デニスの言葉は、ザクセンとエリのふたりが気にかけていることと一致していた。

三人とも、バーネット商会をクビになった直後のウィルムから退職と引き継ぎの報告を受けている――その際、ベルガン村の外れにある森で静かに暮らしたいという願望も聞いており、本人がそれを望んでいるのであればその意見を尊重すべきではないかと考えたのだ。

「その件についてては、私の娘がすでにウィルムと接触し、彼の意向を聞き出している。詳細な動きはそれを聞いてからになるだろうな」

「娘だと？」

　フリードの話に反応を示したのはザクセンだった。

「うちの娘も、ひと足先にウィルムへ会わせようとそっちへ送ったぞ」

「何っ？　ベルガン村の場所が分かったのか？」

「匂いがあればたどれるからな」

「「…………」」

　ふたりの話を聞いていたエリとデニスは、それまで腰を下ろしていたソファから立ち上がるとドアへ向かって歩きだした。

「ど、どこへ行くんだ⁉」

「もう話すことはない。ウィルムの去就《きょしゅう》が決まったら、また教えてくれ」

「ワシはちょっと孫娘に用事でな」

　両者、それぞれ用事の内容は違うが――何をしようとしているのか、フリードには読み取れていた。

「やはりこうなってしまったか……」

「？　どういうことだ？」

「いや、こちらの話だ。――それより、そろそろうちの娘からウィルムの近況に関して報告があるはずだが……」

恐らく、エリとデニスも自分の娘や孫娘をウィルムのもとへ送るつもりなのだろう。

それはフリードも想定していたため、特に驚きはしない。

むしろ思っていたより話が通じそうな相手でひと安心している。

こうして初めての顔合わせはなんともグダグダな展開となったが、少なくとも、今日この場に集まった者たちはウィルムを信頼しており、今後も協力してくれそうだとフリードは察した。

あとは、ウィルムの気持ち次第——

第六章　出発

翌朝。

本来ならひとりでひっそりと暮らすはずが、いつの間にか増えに増えて七人。俺を含めたら八人——っと、あとは相棒のルディも入れたらさらに多くなる。

さすがにこの人数での移動は目立つということで、メンバーを厳選することに。

俺とルディは確定で、あとは誰が選ばれたかというと……

「港町ハバートなら何度か行ったことがあるので案内できると思います」

「あたしは初めてだなぁ……楽しみ！」

「はしゃぎすぎて迷子にならないように注意してください」

レメット、ソニル、アニエスさんの三人に決定した。

他のメイドさんたちには、お留守番をしてもらう。ただし屋敷周りにモンスターや野盗を近づけさせないため、結界魔法を張ることにした。

「そろそろこいつも使ってみるか」

バーネット商会を抜け出す時にこっそり持ってきた神杖リスティック。

本当は拠点作りをもっとシンプルにして、魔法取得に精を出そうとしたのだが……レメットたちが急遽《きゅうきょ》こちらでしばらく生活する運びとなったため、山小屋の増設＆改装と食料確保のための畑づくりを優先させた。

なので、せっかくの激レアアイテムだったが、ここへ来てようやく初お披露目《ひろめ》となる。

「ウィルムさん……魔法が使えたんですか？」

キョトンとした顔でこちらを見つめるレメットに、神杖リスティックを入手するまでの経緯を説明していく——と、

「……やはり、あの商会と手を切って正解でしたね」

無表情で語るレメット。怒りに声を荒らげるよりも、静かに言葉を並べるだけの方が怖い。いつもニコニコと笑みを浮かべている明るいレメットがそれをやると、効果は絶大だ。

……ともかく、俺は初級魔法に数えられる結界魔法を発動。

その結果は——

「お？　うまくいったみたいだな」

魔力によって生み出されたシールドが、山小屋の周辺を覆っていく。今のところは特に問題ないように思える。

だが、ここで俺はある事実に気づいた。

「うーん……やっぱり、魔法を教えてもらえる専門家がいたらなぁ」

結界魔法は初心者が取り組む魔法のひとつ。

とはいえ、さすがに城ひとつなどの大規模なものになると、それなりに経験豊富な人材が必要とされる。さらに火属性やら雷属性やら、そうした派手な魔法は知識や技術も必要となるため、やはり詳しい人が近くにいてくれるとありがたい。

その点もこれから考慮していく必要がありそうだ。

無事に結界を張れたことを確認すると、メイドさんたちに留守を任せ、俺たち四人は港町ハバートへと向かって出発した。


もし可能ならあっちですぐに商売を始められるよう、クラフトスキルで作り出したアイテムをリュックに詰めて移動する。

ただ思った以上の量になったため、荷物はルディが運んでくれることになった。さらに彼が上空から道をチェックして迷子になることはない――はずだけど、思わぬ敵が行く手を阻《はば》んだ。

「木々が鬱蒼と生い茂っていますね」

「こ、ここから先へは進めないいんじゃないかしら？」

アニエスさんが状況を確認し、レメットはぐったりとした様子でその光景を眺めている。

辺りは緑一色。

俺や島育ちのソニルはこういった悪路は慣れたものだが、屋敷での生活が長かったふたりには抵抗があるようだ。

「この辺も整備していく必要がありそうだな……」

王都と港町をつなげる最短ルート開拓。

これは思わぬ難敵と遭遇してしまったな。

このルート開拓の件は、あくまでもまだ俺たちの間だけで話し合われている内容。せめて、王家ともかかわりの深い領主のフリード様に話を持っていかなければ実現にいたらないだろう。

まあ、仮にその件が受け入れられなかったとしても、港町ハバートには今後もちょくちょく足を運ぶことになるだろうし、他の仕事と並行して進みやすくしていこう。

どうすれば最短でハバートに到着できるのか、俺たちはそのルートを確認しながら進み、少し時間はかかったもののなんとか到着。

◇　◇　◇

そこは潮風《しおかぜ》の匂いが漂い、カモメの鳴き声が聞こえる、まさに海の町ってイメージにピッタリだった。国内最大の港町というだけあって賑わいがあり、また停泊している商船の数も多い。というか、以前仕事で来た時より人も船も増えてないか？

「爽《さわ》やかな雰囲気の町ね」

「うん！」

すっかり仲良しになったレメットとソニル。

まったく違った環境で生まれ育ち、価値観とかもいろいろと違うだろうから、打ち解けるまで時間がかかる――という俺の読みは見事に外れる形となった。だが、これは嬉しい誤算だ。

「それで、まずはどちらへ行かれますか？」

興奮するレメットとソニルを眺めていたら、アニエスさんから声をかけられる。

そうだった。

今日は俺のこれからの生活を左右する大事な交渉をするために、このハバートにやってきたのだ。

「まずはマーカム町長のもとへ出向いて、屋台を出す申請をするつもりです」

「お会いしたことはあるのですか？」

「前の職場にいた時だけどね。でも、いい人だったよ」

これだけ大きな港町のトップをしているだけあって、マーカム町長は柔軟に物事を考えられる賢い人だ。きちんと話を聞いたうえで適切な判断をしてくれるはず。

ただ、同時に忖度《そんたく》なしで物事を判断する厳しい目も持っている。

まあ、それくらいじゃないとこれだけ大きな町の町長は務まらないだろうからな。規模的にも大きいし、メルキス王国にとっては国の玄関口ともいえる場所だし。

とにもかくにも、まずはマーカム町長と話をしなければ始まらない。


ルディを肩に乗せてから、町長の家を訪ねてみる。

すると、庭先で花壇の手入れをしていたマーカム町長を発見。

「おぉ！　ウィルムじゃないか！」

目が合うやいなや、大喜びで俺たちを歓迎してくれた。にこやかな笑顔で握手を交わしていると、俺の横に立つレメットに視線が移り――

「ほあっ⁉　レ、レレ、レメット様ぁ⁉」

一緒にいたのが大貴族アヴェルガ家のご令嬢であるレメットだと気づき、ひどく狼狽《ろうばい》するマーカム町長。忖度とは無縁の人ではあるが、さすがにアヴェルガ家のレメット登場は予想外だったらしく、しばらく言葉にならない言葉を発し続けていた。


――数分後。

「す、すまないな、ウィルム。取り乱した」

冷静さを取り戻したマーカム町長はそう謝罪したが……無理もない。

というわけで、早速屋台の申請をすると、

「もちろんだ！　君ならば大歓迎だよ！」

即ＯＫが出た。

「空いている場所がないか、すぐに手配させよう」

「ありがとうございます！」

「君の真面目な仕事ぶりはよく知っているからね。むしろ来てもらえてこちらが光栄だよ」

あのマーカム町長にそこまで言ってもらえるとは……これは期待に応えられるよう頑張らないと。

出店の許可も下りたので、俺たちは早速屋台が出ている市場へと向かった。


「わっ！　人がいっぱいいます！」

獣人族しか住んでいない翡翠島で暮らしているソニルが驚くのも無理はない。何せ、大陸に長く住んでいる俺でさえ、この賑わいには思わず息をのんだほどだ。

「凄い人の数だ……」

「あら？　ウィルムさんは以前に何度もこの港へ来たことがあるんですよね？」

「ま、まあ……でも、あの時はここまで大規模な町じゃなかったはず……」

前に来た時も、港町としては賑わいのある方ではあった――が、さすがにここまでの規模じゃなかったな。

「メルキス王国は魔鉱石の輸出量がここ数年で激増しましたからね」

「魔鉱石が？　――あっ！」

アニエスさんからもたらされた情報で、俺は前の職場で聞いた話を思い出す。

なんでも、かなり大きな鉱脈が発見されて調査が始まったって話だったけど……そういえばあれから続報を聞いていなかった。この港がこれだけ発展しているということは、その鉱脈は大当たりだったのかな。

「なるほどね……最短ルートを欲している理由がよく分かったよ」

「先ほどの話を旦那様に持っていけば、間違いなく手を貸してくださると思います」

アヴェルガ家ほどの力がバックについてくれたら、あの森をもっと大規模に整備することができるだろう。

「よし……」

俺の心の中で密かに燃え上がる意欲。

ただ、やるべきことが山ほどある。

一度にすべてを同時に進めることは不可能なので、少しずつ——でも、着実に成果をあげていけばいい。

「あっ！　ねぇ、ウィルムさん！　あそこがマーカム町長の言っていた空きスペースじゃない？」

レメットの明るい声で、俺はハッと我に返った。

そうだった。

森の整備の許可を取るためにも、一度アヴェルガ家を訪れて話をしてこよう。

で、その前に、まずはこの屋台で商売と行くか。

今回俺が持ってきたのは小物ばかり。

まあ第一回目だし、今日はこの市場の様子を探るって意味も込めて、小規模での商売をしようと考えている。なので、売り上げは度外視のはずだったのだが、

「さあ、いらっしゃい！」

「いい商品があるよ！」

レメットとソニルが看板娘として屋台を盛りあげてくれた。

可愛らしいふたりの女の子が店先に立って呼び込みをした効果は絶大で、次から次へとお客さんがやってくる。あと、特に何かをするってわけじゃないけど、立っているだけでも絵になるアニエスさんも集客にひと役買っていた。

さらにお客さんの中には、以前仕事で一緒になった冒険者や商人もいた。

「あれ？　ウィルムか？」

「こんなところで何をやっているんだ？」

「前の職場を辞めたって聞いたが、ここで新しく商売を始めたのか？」

友好的な関係を築いていた人たちばかりなので、みんな俺のことを心配してくれたようだ。

その後も、お客さんは次々と押し寄せ、商品はあっという間に完売。

俺の初出店は想像を超える勢いで大成功したのだった。

◇　◇　◇

その日の夜。

「「「カンパーイ！」」」

完売をマーカム町長に報告した後、俺たち四人は近くの食堂で遅めの夕食という名の打ち上げをしていた。

「あっという間に売れたね」

「さすがはウィルム！」

「お見事な手並みでした、ウィルム様」

「いやいや、みんなの協力があったからだよ」

レメット、ソニル、アニエスさんの三大看板娘がいてくれて、それがお客さんを集めるきっかけになったのは確かだ。

「ウィルム様の商品が素晴らしかったからですよ」

「そうよ。私たちはただお手伝いをしただけ。――ね？　ソニル」

「うん！」

「そう言ってもらえると俺も嬉しいよ」

今回は見事な連携プレーで大成功に導けた。

毎日参加するわけじゃないけど、次に来る時はもうちょっと商品の数を増やしていこう。大事なのはどれだけリピーターをゲットできるかによるからな。

それからしばらくは今後の商売について、さらにアヴェルガ家へ訪問する段取りについて話していたが、ふと、店の外が何やら騒がしいことに気がついた。

「何かあったのかな？」

「喧嘩《けんか》でしょうか？」

「け、喧嘩？」

驚いたのはソニルだった。

翡翠島では、そのようなことはなかったんだろうな。あそこは人口も少ないし、みんなで協力して生活をしていくのは当たり前って風潮が根付いていたし。

「やろうってのか！　あぁ!?」

ついには男の怒号《どごう》が響いてきた。

どうやら、喧嘩で確定みたいだな。

「どうしますか？」

「ちょっと様子を見てくるよ」

「分かりました」

俺はアニエスさんにレメットとソニルを任せると、店の外へ出てみた。

そこでは、二メートル近いスキンヘッドの巨漢と、女の子が睨み合っている光景が広がっていた——って、

「お、女の子？」

これは予想外だった。

てっきり、屈強な冒険者か船乗りによる小競り合いだと思っていたが……まさかレメットやソニルとそれほど年齢の変わらない女の子が相手とは。

「……あれ？」

あの女の子……どこかで見たことがあるような？

「ま、まさか……アキノか？」

真っ赤な瞳に黒い髪。そして、手にしている薙刀《なぎなた》にも見覚えがある。

世界的に見ても数少ないSランクに属する冒険者パーティー【月光】を束ねるリーダーのひとり娘。その名はアキノ・タチバナ。

「てめぇ！　この俺に文句があるってのか！」

スキンヘッドの男は怒りが収まらないらしく、自分の拳《こぶし》をガンガンとぶつけて臨戦態勢に入っている。相手が少女とかそんなことは関係なく、アキノの言動に対して怒りをぶちまけようとしてい

るのだ。

これはさすがに止めるべきだろうと思い、俺は一歩踏み出した。

――が、手遅れだった。

「静かにしていただけますか？」

アキノはそう口にした直後、あっという間に男との距離を詰めた。

「へっ？」

間の抜けた声が漏れ聞こえた瞬間、男の巨体は宙を舞って地面に叩きつけられた。流れるような一連の動きは、まさに軽快なダンスのようだ。見ていて清々《すがすが》しいくらいである。

それにしても……間に合わなかったか。

絶対にこうなるから止めようと思ったんだよなぁ――アキノの方を。

「まったく、短気にもほどが――」

パンパンと体についた土埃《つちぼこり》を払いながら顔を上げると、ちょうど俺と目が合った。

「ウィルム殿！」

途端に、花が咲いたような笑顔を向ける。

……彼女も相変わらずだな。

「ア、アキノ？　どうして君がここに？」

「あなたに会いに来たのです！」

「お、俺に？」

改めて――彼女の名前はアキノ・タチバナ。

極東の地の出身であり、母親はSランクパーティー【月光】のリーダーを務めるエリ・タチバナさん。

エリさんは世界でも数少ないSランクパーティーを束ねる冒険者で、その戦闘力は計り知れないものがあった。なんというか、どれだけ戦っても底が見えないというか……とにかく、デタラメに強かったのだ。

そんな彼女のひとり娘であるアキノもまた高い戦闘能力を有していた。

【月光】は今、迷宮渓谷と呼ばれるダンジョンに数年という長いスパンで挑んでいる。そこは並みの冒険者では手も足も出ない、強力なモンスターも多く出現することで有名だ。そんな過酷な環境下で幼少期を過ごして育ったアキノは、まさに生まれながらの冒険者と呼ぶに相応しい。

あのような場所で強力なモンスターとやり合ってきた彼女にとって、町のチンピラ程度ではどうにもならない。あの大男の何倍も大きくて何倍も力の強いモンスターを、一日に何度も相手にしているわけだからな。

それにしても……そのアキノが俺に会いに来たって？

「何か用事が？　ひょっとして、前に作った薙刀に何かあったとか？」

「《雪峰《ゆきみね》》なら絶好調ですよ？」

雪峰というのは、彼女が愛用している薙刀の名前。俺がクラフトスキルで作り、それを彼女が初めてのクエスト達成で得た報酬で購入したのだ。

本当は初クエスト達成のお祝いでプレゼントするつもりだったが、母親であるエリさんの「欲しいのならば金を出して買え」という教えを守り、アキノはきちんと代金を支払って手に入れた。

今時珍しいくらいのストイックさというか……まあ、それくらいでなければSランクまで上り詰めることはできないのだろう。

――っと、本題から逸《そ》れたな。

「じゃあ、どうして俺に会おうと？」

「あなたがお困りと母上から聞いて……少しでもお役に立てればと、アヴェルガ家の屋敷から飛んできたんです」

「アヴェルガ家の屋敷から？」

なんだってそんなところから？

迷宮渓谷から直接来たわけじゃないのか？

「それについてはいろいろと説明する必要がありそうね」

困惑していると、背後からレメットの声が……

「まさか、向こうも娘を送ってくるとは思わなかったわ」

「それはお互い様ですよ？」

「「…………」」

えっ？

何っ？

怖いんだけど⁉

なんでふたりとも見つめ合ったまま動かないんだ。動かなくなったふたりへの対処に困り、すがるような思いでアニエスさんの方へ視線を送ると、

「これが……修羅場《しゅらば》！」

彼女はどこか嬉しそうに興奮していた。

どうすりゃいいんだよ。

「「…………」」

睨み合う両者。

どちらも可愛らしい顔をしているが……なんだろう。ふたりのバックに獰猛《どうもう》なモンスターが透けて見える気がする。

アニエスさんに助けを求めたいところだが、彼女はこの張り詰めた空気を楽しんでいる節がある。

俺がお願いしても、いろいろ御託《ごたく》を並べて現状維持を決め込む可能性も捨てきれなかった。

「あのふたりって、仲悪いの？」

殺伐《さつばつ》とした空気を切り裂くように、のほほんとした口調で核心を突く質問をぶつけてくるソニル。

彼女には、まだこの手の話題はピンと来ないのかな。

「いいんだ、ソニル……君は今のままの君でいてくれ」

「？　よく分からないけど分かった！」

屈託《くったく》のない笑顔で高らかに宣言するソニル。

その無邪気な声は、他の三人にも届いたようだ。

「うっ……なんという眩《まばゆ》さ……」

「そうよ……ソニルはそういう子なの。……まだ数日の付き合いだけど、それだけは断言できるわ」

ソニルの純粋さに当てられたふたりから、先ほどまでの険しさが薄れていく。さすがはソニルだな。その時、俺はザクセンさんが言っていた「ソニルがいるから、この島では争いが起きないんだ」って言葉を思い出した。

まさにその通りだな——と、いい感じに場が和《なご》んできたところであったが、それを粉砕《ふんさい》するかのような存在が俺たちに近づいてきた。

「てめぇら！　このまま帰れると思うなよ！」

「兄貴の仇《かたき》は俺たちが取るぜ！」

「へっへっへっ、これだけの数を相手にしたくはねぇよなぁ？」

「しかも俺たちのパーティーはCランクなんだぜ？」

「分かったら有り金全部置いていきな！」

「それと、女どもは俺たちに付き合ってもらうぜぇ？」

次から次へと現れる屈強な男たち。

どうやら、先ほどアキノが吹っ飛ばした男の仲間らしい。

連中のひとりが自分たちのパーティーをCランクって言っていたな。ランクは最低でFだから、Cでもそこそこの実力と言える。

――だが、彼らの前に立つアキノはSランクのメンバーであり、しかもリーダーである母親のエリさんからハードな英才教育を受けて育ってきた。

Cランク程度の冒険者が束になってかかったところで、結果は目に見えている。

「少し冷静になるため……彼らに協力してもらいましょう」

静かに闘志を燃やすアキノ。

「ちょ、ちょっと！　ひとりじゃ危険よ！　止めなくていいの!?」

「大丈夫さ。それに、ピンチになったら俺も加勢するよ」

「私も行きましょう」

護身用の剣を持つ俺とメイドとして格闘技も嗜《たしな》んでいるアニエスさんも、念のためにスタンバイしているが……まあ、必要ないだろうな。

「「「「うおおおおおおっ！」」」」

雄叫《おたけ》びをあげながらアキノへと迫る屈強な男たち――だったが、威勢《いせい》がよかったのは最初の三分くらいだった。

「ぐえっ⁉」

「どはっ⁉」

「ごふっ⁉」

人数など問題にならない。相手の動きを先読みし、必要最低限の労力でひとりずつ着実に戦闘不能に追い込んでいく。あれだけいた男たちはどんどん数を減らしていき、ついに最後のひとりが倒された。

「まあ、こんなものですね」

アキノはクルクルと愛用の薙刀を回すという戦闘終了時にいつもやる癖を披露し、大きく息を吐く。戦闘での疲れというよりは、張り合いのない相手だったことで落胆《らくたん》している感じだ。

それにしても……まったく相手を寄せつけない強さだな。結局、周りに倒れている男たちの攻撃を一度も浴びることなくねじ伏せちゃったし。

この強さは、彼女の母親であるエリさんを彷彿《ほうふつ》とさせるよ。

あの人の場合は、人というより凶悪な巨大モンスターを相手にしてもまったく物怖《ものお》じせず倒してしまう――その際に垣間見《かいまみ》える圧倒的強者のオーラが、アキノにもうかがえるな。

そんなアキノのもとに、レメットが近づいていく。

「やりますね……あなた」

「いえ、それほどでも」

「ふふっ、私としたことが、少し熱くなりすぎていたみたいね」

「それは私も同じです」

今回の騒動を通して、レメットとアキノは分かり合ったようだ。元々普通に話し合えば仲良くなれると思っていたし、それがこうして実現しただけでもよしとするか。

俺たちは町の自警団に暴れていた男たちの身柄を預け、山小屋へと帰還することにした。

さて……新しい住人も増えるっぽいし、またあの家を強化していかないとな。

◇　◇　◇

港町から山小屋へと戻ってきた俺たちは、まず留守番をしてくれていた四人のメイドさんたちにハバートで起きた出来事を説明した。

あのSランク冒険者パーティー【月光】のメンバーであるアキノが加わるということで大きな動揺があるかと思いきや……これが意外にもあっさりしていた。

思えば、彼女たちは公爵家に仕えるメイド。

これまでいろんな大物たちと接する機会があっただろうから、これくらい余裕の態度でいられるのだろう。俺としてはそっちの方がありがたいから助かった。

さて、今回の市場で得たお金で食材を購入してきたわけだが、これをアニエスさんたちメイド軍団がおいしい料理へと変えてくれる。

「あとは我らにお任せを」

アニエスさんの表情は完全に仕事人のそれになっていた。家事の中では料理がもっとも得意らしいからなぁ……港町のハバートの店には異国の野菜や並んでいて、買い物中のアニエスさんの瞳は輝きっぱなしだった。

相変わらず口数自体は少なかったが、本人的にも満足のいく買い物となったに違いない。

今日はその成果を存分に発揮すると意気込んでいたから、今日の夕食は十分期待できるな。


一方、俺たちは畑の様子を見に行った。

――とはいえ、まだ種を植えたばかり。

そんなに早く芽が出るわけもなく、特にこれといって代わり映えしない。

「早くここで作った野菜を食べてみたいわね」

「はい！」

いつの間にやら畑管理を担当するレメットとソニル。

特にレメットは泥だらけになるくらい夢中になって作業していたからな。この畑に対する思い入れは強いものがあるのだろう。

その横では、新しく加わったアキノが何やら一点を見つめて立ち尽くしていた。

「どうかしたのか、アキノ」

「いえ、あの木が少し邪魔ではないですか？」

「あぁ……そうなんだよなぁ」

アキノが言う通り、畑と山小屋の間には大きな木が一本立っている。これがなければ、もっと畑を拡大できるのだが……これほどのサイズとなると、撤去には専門の業者を頼まなければならないな。

俺はアキノに大木をどかすための手段をいろいろ検討していると伝えた。

すると、彼女はニコリと微笑んだ。

「でしたら、私にお任せを」

そう言って、アキノは薙刀を手にして構える。目を閉じて意識を集中すること数秒――

「はっ！」

短い雄叫びの直後に、強烈な斬撃が大木へと繰り出される。

ほんの一瞬の出来事――それこそ瞬きするほどであったが、その間に俺の抱えていた問題は解決していた。

例の大木は山小屋や畑とは反対方向に大きな音を立てながら倒れていった。あまりの衝撃に、山小屋で料理をしていたアニエスさんたちも飛び出してくるほどだ。
「これで問題は解決ですね」
ひと仕事やり遂げた顔で息をつくアキノ。
——うん。
彼女のここでの仕事は決まったな。
明日から、アキノには伐採&狩猟を担当してもらうとしよう。

【幕間】バーネット商会の焦り

ドノル王国の商業都市ネザルガを拠点とするバーネット商会の事務所。

その一室で、ジェフ・バーネット代表は怒り狂っていた。

「どうなっているんだ！」

怒鳴りながら力いっぱい執務机を蹴り上げるジェフ。

無理もない。

商会は今、創立以来最大の経営危機を迎えていたのだ。

というのも、これまで商会の売り上げに貢献していた優良顧客が、次から次へと契約の打ち切りを申し出てきたのだ。

その優良顧客というのは追い出したウィルムの担当ばかり。この事実から、ジェフは、ウィルムからの顧客を奪って新たにその担当にした息子のラストンがヘマをやらかしたのではないかと考えた。

早速、息子ラストンの仕事ぶりを確認すべく、執務室へと呼び出したわけだが、

「知らねぇよ。俺は何もしちゃいねぇって」

契約が次々と打ち切られていることに対して、ラストンは何も知らないと言いきった。

「ならばどうしてこうも契約が打ち切られるんだ！　このままいけばうちは破産だぞ！」

「だから知るかっての！　どっか別に条件のいい商会が割り込んできたんじゃねぇのかよ！」

「うちよりも条件のいいところなど――むっ？」

ラストンの言葉に、ジェフは引っかかりを覚えた。

この大陸で、バーネットほど名前の通った商会はない。規模が大きいからこそ、価格やクオリティ面でも他を圧倒していた。

しかし、それでも契約は打ち切られていく。

仮に、自分たちの脅威《きょうい》となるような商会が出現したなら、自分の耳にその情報が入らないのはおかしいし、そもそも世間で話題になっていないのも不自然だった。

「まさか……ウィルムのヤツか？」

脳裏によぎったのは、クビにしたウィルムだった。

彼が抱えていた顧客をそのままラストンへ引き継がせ、本人は商会から追い出した。獣人族など、一部商売として売り上げが見込めない客以外には、息子が粗相《そそう》をしないように引き継ぎの挨拶へ同行し、念入りにプッシュしておいた。

それでも現状、事態はマイナスに進む一方。

ラストンの言ったように、バーネット商会とまともに勝負できるような商会は他に存在していない。

ただひとつ考えられるのは——ウィルムが自分で店を開いた場合。

「ヤツが客を奪い取ったのか？　……いや、それにしてもおかしい」

ウィルムがどのような店を開いているか、それについては皆目見当がつかないが、少なくともバーネット商会よりはずっと小規模なはず。

にもかかわらず、公爵家やSランク冒険者パーティーといった一流どころがそちらに乗り換えているかもしれない。にわかには信じられない話だが、常連客と接するうちに、彼らのウィルムに対する好感度の高さがうかがえる場面はいくつかあった。

彼らがバーネット商会と手を切った理由は……やはりウィルムにある可能性が高い。

ジェフはそういう結論にいたった。

「ヤツの現状を詳しく調査する必要がありそうだ……」

「ヤツ？　ヤツって誰だよ」

「ウィルムだ！　あの男がうちを陥《おとしい》れようとしているかもしれん！」

「あぁ？　……なるほどね。あいつのせいで俺の商売がうまくいかねぇってのか。ったく、辞めてもなお迷惑をかけるとか、最低のクズだぜ」

「その通りだ……すべてはウィルムのせいだ……」

自らの無能さを棚に上げ、経営難の責任を追い出したばかりのウィルムへとぶつけるバーネット親子。

その歪《ゆが》んだ恨みは、密かに彼らを動かし始めた――

第七章　経過報告

アキノが正式に加わった次の日。

朝食の席で、俺は今日これからのことを考えていた。

真っ先に浮かんできたのはガウリー外交大臣への報告。

こちらの生活が落ち着いたタイミングで使者を送るという手筈《てはず》になっていたが、当初の予定と大幅に狂いが生じたため、そのことを報告しなければならないと思っていた。

もしかしたら、すでにアヴェルガ家の当主であるフリード様が一報を入れているかもしれないが、そうであっても俺が大臣のもとへ出向き、直接話をするべきだった。

――という内容を朝食後の時間に話すと、

「それがいいわね」

「こういうことはキッチリとやっておいた方がいいですからね」

「だいじん？」

レメット、アキノ、ソニルの反応はこちらの予想通り。一方、アニエスさんは、「でしたら、すぐにでも向かった方がよさそうですね」と忠告してくれた。

「どういう意味ですか？」

「旦那様から聞いた話ですが、近々他国と貿易に関する会議を開くそうで……ガウリー様はメルキス王国側の中枢《ちゅうすう》を担う役割を持つそうです」

「つまり……超多忙になるってわけね」

まあ、そりゃ大臣って役職に就くくらいだから、そのような重要な役目を担うこともあるだろう。

忙しくなる前に、最低限でも現状を報告しておいた方がいい。

それと……俺は王都とハバートの位置関係を知ったあの時から、大臣にある提案をしようと考えていた。今日はそれを披露するいい機会になると思う。

けど、肝心の大臣がいないのでは話にならない。

「すぐにでも王都へ向かわないと」

「なら、馬車を用意します。私たちが乗ってきた物はアトキンス村長に預かってもらっていますのでベルガン村に――」

「いや、こういう時は……ルディに頼もう」

そう言ってから指笛を鳴らすと、ルディが飛んできて俺の肩にとまる。

「そういえば、この子は大きくなれるんでしたね」

「ああ。ルディがいてくれたら、移動問題は解決するよ」

「移動手段が確保できているなら……残るは同行する者の選別だけですね。あまり大勢で押しかけてもご迷惑でしょうし、こちらでの仕事も残っていますから――同行者はひとりでいいでしょう」

「「「!?」」」

アニエスさんがまた煽《あお》るようことを言いだす。

案の定、レメット、アキノ、ソニルの三人が「私が！」と名乗り出た。ここはひとつくじ引きでも思ったのだが、ここでアキノからある提案が。

「では、私の故郷である極東の島国に伝わるお手軽な勝負方法――《ジャンケン》を用いて決めるというのはどうでしょう？」

「「「ジャンケン？」」」

ふたりだけじゃなく、俺まで反応してしまった。

ジャンケン、か。

前世の記憶にうっすらと残っているけど、こっちにもあったのか。アキノは見た目が日本人っぽいし、この世界にも似たような国があるんだな。

アキノが慣れ親しんだ方法ということで、公平性が疑われるとレメットは抗議したが、そのルールを聞くと完全に運任せであることが発覚し、それならばとジャンケンによる勝負を受け入れた。

……というか、単純に試してみたいという気持ちが勝ったのだろう。

で、その勝負の結果は――

「どうやら私の勝ちみたいですね」

言い出しっぺのアキノが見事勝利を収めた。

「負けちゃった……」

「ルールが簡単だからと侮《あなど》っていたわ……奥が深いわね、ジャンケン！」

いや、そこまで真剣にとらえる必要はないと思う。

ともかく、これで同行者はアキノに決定した。

……本当はひとりで行くつもりだったという事実は伏せておいた方がよさそうだな。

「それでは参りましょうか」

「あ、あぁ。みんな、留守を頼むよ」

俺は森に残るレメットやソニルたちにそうお願いする。

それからルディに巨大化してもらい、アキノと一緒にその背中へと乗り込んだ。

「頼むぞ、ルディ」

「キーッ！」

任せろと言わんばかりにひと鳴きして、ルディは大空へと舞い上がる。振り落とされないように注意をしながら、しばし空の旅を楽しむとしよう。

「アキノはこれまで王都に行ったことはある？」

「迷宮渓谷の調査を依頼してきた国の王都は、国王と母上が定期報告へ行くのでその際に何度か。でも、メルキス王国はないですね」

そういえばそんなことをエリさんが言っていたな。

――と、昔のことを思い出したら、他のお客さんの顔が浮かんできた。

今、俺と接触しているのはアヴェルガ家、Sランクパーティー【月光】、翡翠島の獣人族……ってところか。もしかしたら、すでに別の常連さんがアヴェルガ家に集まっているかもしれない。

彼らがもしレメットたちのように森へ集まってきたら……これからできるかもしれない村の運営に大きく貢献してくれそうなんだがな。

……さすがにそううまくはいかないか。

そんなことを考えているうちに、メルキスの王都近くへと差しかかる。

さすがにこのサイズの状態のルディが王都の真ん中へ舞い降りるとパニックになるため、少し離れたところに着地。縮んだルディを肩に乗せてから、アキノとともに歩いて王都へ入る。

◇◇◇

相変わらず、ここは賑わっているな。

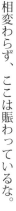

ベルガン村も含め、俺の住んでいる一帯はとても静かな場所が多い。港町ハバートの市場へ行った時も感じたが、あの森で暮らしていると、こういった喧騒が今まで以上に大きく感じるから不思議なものだ。

「ここがメルキスの王都……想像していた以上に人も多くて賑やかですね」

静かな土地での生活に慣れつつあった俺にとっては、王都の喧騒に少し疲労を感じていたが、アキノは冷静だった。公爵令嬢であるレメットは慣れっこだろうし、逆にソニルなら人の多さにテンションが爆上がりとなるだろう。両者のリアクションを想像すると、アキノくらいの反応がベストじゃないかなって思えてきたよ。

王都の中央通りを歩きながら、アキノと他愛ない会話をする。

「ガウリー外交大臣とは長い付き合いなんですか？」

「そうだなぁ……かれこれ二年になるか」

あの頃のガウリー大臣は絵に描いたような堅物《かたぶつ》だった。

まあ、それくらい融通が利かないほど真面目な方が、大臣という役職を任せるに相応しいともいえる。ただ、ここ一年くらいの大臣は随分と柔軟な思考をするようになったようだ。

昔は返事ひとつ聞くにも粘ったものだが、おかげで俺も仕事がしやすくなったよ。

ちなみに今回の訪問では、以前みんなとの話で出てきた村づくりに関しても報告をするつもりでいる。レメットが示したように、あの山小屋のある場所はこのメルキス王国にとっても非常に重要な役割を担うことになる。

特に貿易関連のことについては、ガウリー大臣に一任されているようだ。外交大臣という肩書は伊達《だて》ではない。

中央通りを抜けて城へ到着すると、以前訪れた時と同じ門番の兵士だったため、軽く挨拶を済ませて城内へ。その際、前回とは違って女の子――アキノを連れていたのでからかわれたりもしたが、彼女の正体がSランクパーティー【月光】のリーダーであるエリ・タチバナのひとり娘であると知ると、途端に背筋がピンと伸びて態度を改めた。

門番の兵士たちでさえ、エリさんの実力を把握しているって凄いよなぁ。

そんな反応に驚きつつ、別の兵士に案内されて大臣執務室へ。


今回もまたアポなしであったが、ガウリー大臣は都合を合わせてくれて、会うことができた。

例の会議とやらで多忙にもかかわらず、こうして時間を作ってもらって感謝しないとな。

「まさか君の方から出向いてくれるとは思わなかったよ。おまけに随分と頼もしいパートナーを連れているじゃないか。――あの【月光】リーダーのご令嬢とは」

執務机に膝を置く大臣を前に並んで立つ俺とアキノ。それにしても……まさかガウリー大臣も【月光】のことを知っていたとは。けど、どうやら面識があるわけじゃないらしい。

「本日は現在までの活動報告についてですが……」

「そちらのお嬢さんがいるということでなんとなく察しはつくよ。――当初の予定とは大きく変わりつつあるんだろう？」

さすがは大臣。こちらとしても説明を省けるから助かる。

「おっしゃる通りです。その変わりつつある要素のひとつとして、今日はある提案をお持ちしました」

「ほぉ……実に興味深いな」

大臣の目つきが変わる。

俺が持ちかけたという点から、外交に関連するビジネスの話と悟ったのだろう。この辺の嗅覚も抜群だな。

「一体どんな内容なんだ？」

「それについてはまず――この地図をご覧ください」

そう言って、俺は執務机に持ってきた地図を広げた。そこには俺たちが生活している屋敷の位置にマークがついているが、それを発見した大臣はこちらから説明をする前に気がついたようだ。

「この山小屋の位置は……メルキスの王都とハバートを一直線で結んでいる……」

そこまで大臣が口にしてから、俺は本題ともいえる提案する。

「おっしゃる通りです。なので、あの山小屋あたりを輸送の際の中継地点として、村をつくろうと考えているんです」

「っ！　それは素晴らしい案だな！」

大興奮する大臣。

まさかここまで乗り気になってくれるとは思わなかった。それだけ、ハバートから王都への直通ルートは懸案事項として挙げられていたってことなのかな。しかし、それが解決するなら、ひとつの恩返しになるのではないか。

「幸い、前職でお世話になった方々が協力してくれていますので、必要な素材や職人などは集まりやすいかと」

「その話はアヴェルガ家のフリード様から聞いている」

「っ！　そうでしたか」

やはり、アヴェルガ家はすでに動いていたか。

前にも言ったが、あの山小屋の位置を把握して村を作るように勧めたのはレメットだから、ひょっとして最初から狙っていた？

ともあれ、村づくりはガウリー大臣にも受け入れられたことだし、実現に向けて少しずつ動きだすことができそうだ。

残念ながら、大臣はこの後もまだ会議があるらしく、会談は短い時間で終了となった。

しかし、事態は大きく進展したと見ていい。

何せ、村づくりに関しては太鼓判《たいこばん》を押された――すなわち、これから先は村をつくっていくことを意識した作業を進められるってわけだ。

◇　◇　◇

「村かぁ……」

城から出て、アキノと並んで王都を歩く。

その際、どうしても脳裏に浮かぶのは俺が理想とする村の姿。

しかし、これを現実のものにするためにはみんなの協力が必要不可欠となる。そもそも、村というくらいだから村人がいなければ始まらないし。きっと、アキノやソニル、そしてレメットとアニエスさんたちメイド衆にも力を貸してもらう機会が増えるだろう。

俺がそのことを告げると、

「お任せください！　きっと力になってみせます！　それに、私だけじゃなく、レメットたちも同じ気持ちだと思います！」

胸をドンと強く叩きながら、なんとも頼もしい言葉をくれるアキノ。若くしてさまざまな修羅場を経験している彼女だからこそ、言葉にも説得力というものがある。

「そうと決まったら、早速戻っていろいろと始めないとな」

「お屋敷はもう少し大きくしますか？」

「屋敷？　――あぁ、あの山小屋か」

「あれって山小屋だったんですか？」

不思議そうに尋ねるアキノ。

言われてみれば……みんなで暮らせるスペースを確保するために、いろいろとクラフトスキルでいじっていったからな。指摘されてから改めて客観的に見てみると、もはや山小屋とは呼べないクオリティに達していると思う。二階建てだし。

いずれにせよ、あそこが俺たちにとって象徴のような存在となっているのは間違いない。

――と、その時だった。

「っ！」

突然、鋭い視線を感じた俺は振り返る。

「……お気づきですか？」

どうやら、アキノも俺と同じように視線を感じ取ったらしい。

間違いなく、常人の放つそれとは違った。

まるで誰かが遠巻きに俺たちを監視しているような気がする。

しかし……どうも――

「変なんだよなぁ」

「変ですねぇ」

そう……変なんだ。

相手は確実に俺たちふたりを標的としている。俺たちの一挙手一投足を見逃すまいと、一定の距離を保ちつつ張りついている。

そのようなことをする人物には心当たりがまったくない——といえば嘘になる。

真っ先に浮かび上がったのはバーネット商会の関係者だ。

レメットの話では、俺の抱えていた顧客が次々と商会との契約を打ち切り、こちらへ集まりつつあるという。実際にこうしてアキノやソニルが来ているので事実なのだろう。

だがそうなると、商会側にとってはかなりの痛手となっているはず。

俺のあとを引き継いだラストンがうまく立ち回っていれば、違った状況になっていたかもしれないが……まあ、あいつの性格を考慮すると、それは難しいかな。

だとすれば、経営に大きなマイナスの影響が出ているのは間違いない。

あの親子のことだから、きっと俺を逆恨《さかうら》みしているんじゃないかな。

とはいえ、メルキス王国にまで足を運んで手荒《てあら》なマネをするとも考えられない。すでにこの国へ俺が移住していることは、大勢の人物が承知している。そのような状況で俺の身に何かがあれば、疑いの目を持つ者だって出てくるかもしれない。

……そこまで考えているかどうか、知るすべはないけどね。

ただ、もしそうだとしても疑問点が残る。

俺たちを尾行《びこう》しているのが商会の手の者だとしたら――あまりにも手口がお粗末《そまつ》なのだ。

多くのダンジョンを経験してきたアキノならまだしも、ただの工芸職人《クラフトマン》である俺にまで気配を悟られるのはあり得ないだろう。

「断言してもいい――相手は素人だ」

「そのようですね。心当たりは？」

「ないわけじゃないけど……たぶん、俺が思い浮かべている者が俺のあとをつけているなら、こうも簡単に存在を悟られるとは考えづらい」

「私も同じです。となると……どちらの関係者でもない、と？」

「……少し、動いてみるか」

そう言って目配せをすると、アキノは静かに頷いた。それからしばらく直進し、路地裏へと続く曲がり角でいきなりダッシュ。相手の視界から消えるように仕向けつつ、追ってくる者を物陰から探ることにした。


駆けだしてから一分後――追跡者と思われる者の気配がやってくる。

「どうやら、相手はひとりみたいですね」

「明確に敵意があるようにも感じられないし……一体何者なんだ？」

正体をハッキリさせるべく、アキノが顔を出して相手をチェック。

その結果は、

「……知らない女の子ですね」

「お、女の子？　年はどれくらいだ？　かなり若いのか？」

「私とそれほど変わらないように見えますが……見失って動揺しているらしく、辺りをキョロキョロと忙しなく見回していますね」

アキノと変わらない年齢ってことは十七か八ってことか。そんな女の子が俺たちを追いかけてきたっていうのか？

「あっ！」

ある可能性が頭の中で急浮上した。

それを確認するべく、アキノに変わって物陰から追跡者の姿を見る。

「やっぱり――リディアじゃないか！」

俺たちを追いかけてきていたのは、前の職場で常連客だった鍛冶職人デニスさんの孫娘であるリディアであった。

あまりにも意外すぎる人物だったため、思わず叫んでしまったのだが――それがいけなかった。

「あっ、うぅ……」

途端に、リディアは口をパクパクさせて言葉が発せられなくなる。

……そうなのだ。

彼女は祖父である鍛冶職人のデニスさんとともに、人里離れた場所で暮らしていた。両親を早くに亡くしていることもあって、リディアはデニスさんが育てていたけど……デニスさんは昔いろいろあって、人との交流を極力避ける傾向にあった。

これまでにかかわりを持った常連客の中では、交流を持つまでにもっとも時間がかかった人物でもある。

当時のバーネット商会としては、ドワーフ族の中でも屈指の実力を持つ者と肩を並べるほどのデニスさんと、なんとか関係を持ちたいと俺を向かわせたのだが……結果として、良好な関係を構築することができた。

もちろん俺が商会からクビを宣告されて以降、ラストンが後任として接しているはずだが……ここにリディアがいるってことは、こちらもうまくいっていないようだ。

「あ、あの、ウィルム殿……こちらの方は？」

大きな声を耳にして怯《おび》えているリディアを不思議そうに眺めていたアキノは、その正体を尋ねてきた。

そういえば、このふたりは対照的な性格をしているな。

過酷なダンジョンという環境で心身ともに鍛錬を積んできたアキノと、祖父と一緒に辺境の地で慎ましく暮らしていたリディア――ふたりの性格はまったく正反対であった。

「あぁっと……この子はリディアと言って、俺のお客さんだった、鍛冶職人をしているデニスさんという方の孫娘で――」

「デニスさん？　それってもしかして……あの鉄腕《てつわん》と呼ばれる伝説的ドワーフにも負けないくらいの実力を持った鍛冶職人という、あのデニス殿ですか？」

「へっ？　あっ、ああ、そうだけど」

「それは凄い！　その方の武器は母上も愛用しているんですよ！」

なんと。

ここで意外なつながりが発覚した。

それを耳にしたリディアの表情が変わる。

「あなたのお母さんがお爺ちゃんの武器を？　……もしかして、【月光】のリーダーの？」

「娘です！　あっ、名前はアキノと言います！」

「私は……リディアです」

おや？

いつの間にか、ふたりの間に自然と会話できる空気が広がっているじゃないか。

まあ、冒険者っていうのは情報交換が必須だ。それもあって、アキノはコミュニケーション能力高めである。それがいい方向で出たみたいだな。

「ところで、リディア。君がここにいるということは……デニスさんも近くに？」

「お、お爺ちゃんはアヴェルガ家のお屋敷に……」

やはりそうだったか。デニスさんがわざわざメルキス王国まで足を運んできたとなると、他の常連客がさらに増えていきそうな気がするな。まあ、それはともかく、リディアとアキノが仲良くなってくれてよかったよ。

……でも、この流れだと――リディアも森で暮らすつもりなのか？

「王都って、思っていた以上に人が多くて……酔いそうです」

「安心してください。私が守ってあげますから」

俺の心配をよそに、ふたりはこんな感じですっかり仲良くなっていた。

きっと、今の状況をリディアの祖父であるデニスさんが見たら喜ぶだろうな。仕事の話をしに工房へ足を運んだ際、デニスさんはリディアの将来をとても心配し、後悔していた。

自身の過去が原因で人里離れた辺境の地に工房を構えたのだが、それがせっかくのリディアの才能を生かしきれない環境となっている。

だからデニスさんは、バーネット商会をクビになった俺がその挨拶と引き継ぎのために工房を訪れた際、こう言っていた。

もう少し経ったら、リディアを外の世界へ連れていってほしい、と。

それがまさか……向こうから来るとは思わなかった。

リディアが自発的に外へ出ようと判断したとは思えない。きっとデニスさんの口添えがあったのだろう。こうして年の近いアキノと仲良くしている光景を目の当たりにすると、デニスさんの判断は間違っていなかったのだ。

「さて、そろそろ帰ろうか」

楽しそうにしているふたりを邪魔するようで忍びないが、日帰りでベルガン村へ戻るにはそろそろ王都を離れなくてはならない。

ちなみにリディアに確認を取ったところ、やはり俺のもとでしばらく暮らすようにデニスさんに言われたらしい。

新しい生活で俺が困っているだろうからってことだが……そんな無茶ぶりをされて一番困ったのはリディアだろうな。おまけに、来てみたら会ったこともない人がたくさんいる――コミュ力に少々難のある彼女にはとても厳しい環境のはずだ。

しかし、その不安もアキノの登場で少しは解消されたみたいだな。

「もうそんな時間ですか？」

「残念……もうちょっと見たかった」

「また日を改めて来よう。その時は他のみんなも一緒だ」

他のみんなとは、当然レメットやソニルのことである。これからさらに人が増えることを知ったリディアは――

「他にも人が……会ってみたいな……」

なんとも前向きな気持ちを口にした。今まで一度もそういうセリフを聞いたことがないからとても新鮮だ。アキノと仲良くなれたことで、自信につながっているっぽいな。

俺たちが馬車を預けている厩舎《きゅうしゃ》を訪れようと中央通りを進んでいく——と、

「おらぁ！」

突然、怒鳴り声が聞こえた。

そちらの方へと顔を動かすと、そこにはニヤニヤと笑いながら剣を手にした男がいた。スキンヘッドで筋骨隆々。その周りに仲間らしき男が三人。いかにも悪党ですって面構えをしながら、目の前に倒れている男性を見下ろしている。

どうやら何かトラブルがあって、スキンヘッド男が倒れている方を斬りつけたらしいが——ひどいことをする。

そもそも他の町よりも警戒の厳しい王都で騒ぎを起こすこと自体、非常識としかいいようがない。遅かれ早かれ、騎士団に取り押さえられるだろう——が、その騎士たちの到着を待たずして、倒れている男性は殺されそうだ。

止めなくては。

すぐにそう思い立って駆けだそうとすると、

「そ、それ以上はダメ」

いつの間にか、リディアが自分よりも遥かに大きい男たちの前に立ちはだかっていた。

その正義感には感心するが……腕っぷしに自信のあるアキノならまだしも、そういった事態からもっとも縁遠いあのリディアが突っ走るとは。

「――って、そんなこと考えている場合じゃない！」

彼女の場合、立ちはだかったのはいいものの、ここから先はきっとノープランだろう。何せ武器を作る技術は一級品でも、それを扱う技術は素人同然だからな。

俺はリディアを守るために駆けだす。

同時に、アキノもついてきた。

正直、俺も人のことは言えないからな……戦闘力という面では明らかにアキノの方が上なので、手を貸してくれるのはありがたい。

――というわけで、俺とアキノはリディアの両脇に立って男たちと対峙《たいじ》する。

「なんだぁ、おまえら」

「名乗るほどでもない者だ。それより、ここは手を引いてくれないか？」

「何ぃ？」

「ここは王都だ。あまり騒ぎが大きくなると、騎士たちが集まってくるぞ？」

「けっ！　騎士が怖くてこんなマネができるかよ！」

「俺たちを誰だか知らねぇのか？」

「泣く子も黙る【暁《あかつき》の四人衆】だぞ！」

「「「がははははは！」」」

いや……知らんし。

俺も職業柄、商売相手となる可能性の高い冒険者たちはチェックしているが、一度も聞いたことがないパーティーだ。本人たちが思っているほど認知されていないと思う。

それなのにこの自信――もしかしてこいつら、王都に来たことがない田舎者《いなかもの》か？

普通の冒険者ならば、人通りも多い昼間にこんな騒動を起こすマネはしない。そんなことをすれば、目をつけられて今後の活動がやりづらくなってしまうからな。

まあ、見た目からして賢くはなさそうだし、そこまで深く考えていないって線もあるが。

いずれにせよ、この手の輩はこちらの予想外の行動を平気で取ってくる。どの業界においても無知ほど怖いものはないからな。ある意味、無敵と言っていい。これは厄介だぞ。

「とっとと失せな！」

男たちは腕をボキボキと鳴らしたり、武器を取り出したり、ともかく力に任せて俺とアキノを蹴散らそうとしている。

まだ騎士が騒ぎを聞きつけて到着する気配はない。

「騎士たちが到着するまで待つつもりでしたが……どうやらそうも言っていられないようですね」

俺より先に、アキノの方が痺《しび》れを切らした。愛用の薙刀――雪峰を取り出し、男たちの前へ出る。

「おいおい！　やろうっていうのか、お嬢ちゃん！」

「威勢がいいねぇ」

男たちは小馬鹿にしたが……冒険者としての実力は明らかにアキノの方が上だ。

久しぶりに再会したハバートでも、今みたいにガラの悪い男に立ち向かい、一瞬で勝利していた——が、あの時だって決して本気ではない。

彼女からすれば、目の前を飛び回る小さな羽虫を追い払った程度の認識だろう。

「後悔させてやるぜぇ！」

男たちは一斉にアキノへと飛びかかった。あれだけ大口叩いておきながら全員で戦うのかとツッコミを入れようとした——が、それよりも先に決着がついた。

アキノの前に四人の大男が積み重なっている。

……ハバートで見た時とまったく同じ流れだな。

その後、駆けつけた騎士たちによって男たちは連行。

事情を聞きたいということで俺たちも詰め所へと案内され、かなり長い時間拘束されてしまった。

◇　◇　◇

——で、詰め所を出ると外は真っ暗になっていた。

手短に済ませるつもりだったが、思いのほか長くかかってしまった。

これには事情があって……なんでも、ここ最近になって国内に不穏《ふおん》な動きが見られるというのだ。

詳細な情報は教えてもらえなかったけど……かえって、そういう反応の方が事態を読みやすい。恐らくは、国の要人が標的になっていると感じた。

中でも有力視されるのは、例の貿易にまつわる会談が控《ひか》えているガウリー外交大臣だ。

他国との交渉を阻止したい一部の者が、金のためならなんでもやるならず者たちを集め始めているのではないかと俺は睨んだ。

まあ、確証があるわけでもなく、あくまでも可能性のひとつに過ぎない。

それに俺なんかが心配しなくても、大臣の警護は完璧だろう。そもそも大臣本人が誰よりもそのあたりのことを分かっているはずだし、しっかり対応するだろう。

ともかく、急いで家へ戻らないと。きっとみんな心配しているだろうからな。

ルディの背に乗って森へ帰還すると、みんなが屋敷の前で出迎えてくれた。

先頭に立つレメットは俺たちを視界に捉えた瞬間、

「遅いお帰りですね」

ニッコリと微笑んでいるように見えるが……それはあくまで表面上のことであり、その裏の表情がまったく別物であることは明白だった。

怒っている。

手に取るようにその感情が読めた。

その理由は帰りが遅くなったからだけではない。

「どうしてふたりで行ったのに三人になって戻ってきたんですか？」

そう。

王都で再会したリディアを連れてきたからだ。

そのリディアは、レメットの圧力を前にして怯え、アキノの背後へと隠れている。

まずいなぁ。

とにかく、しっかり一から説明するしかないだろう。

「あぁっと……レメット。これには事情があってだな」

「……分かっていますよ」

今回の件はあくまでも不可抗力（喧嘩騒動）で発生した遅れである。俺としては事情を説明してすぐに戻ってくるつもりだった。

何せ、ガウリー外交大臣から村づくりの許可をもらえたのだ。

すぐにでもいろいろと試したいことはあったし、こちらから交渉したい人たちがたくさんいる。

今だって、ちょっと休んだらビジョンを膨らませるべく辺りを見て回ろうと思っているところだ。

「あなたが仕事に熱心だということは百も承知です。……どうせ、町で突発的に起きた喧嘩を止めようとして、それから騎士団に事情を聞かれたとか、そういった事情があるのでしょう？」

「えっ？」

「そっちの子も……見たところ、アキノさんやソニルさんのように、商会に所属していた頃のあなたと身内がよく取引をしていた――いわゆる常連客で、ついてきた理由は私たちと同じでしょうか」

す、鋭い。

さすがの洞察力だな。

結局、リディアに自己紹介をしてもらってその場は収まったのだった。


遅めの夕食を食べた後、いろいろあって疲れた体を癒そうと自室へ戻る。

ただ、まだ眠気もないので今後の予定を整理することに。

「まずはこの屋敷をもっと強化しないとな」

庭やら工房やらはある程度整備できたものの、まだまだ手を加えなくてはならない点がいくつかある。リディアも加わったことで部屋を増設しなくちゃいけないし。

ちなみに、今日はアキノの部屋で一緒に寝てもらっている。

夕食の際にレメットやソニルとも交流を持って仲良くやっていたが、一番馬が合うのはアキノらしい。アキノはアキノでお姉ちゃん気質というか、世話焼きというか……リディアみたいなタイプは放っておけないようだ。

屋敷の強化だけで終わるつもりはない。

肝心なのは……やはり村となると、人が暮らせるだけの土地をもっと広げる必要があるだろう。

ここは森の中ということもあり、四方は背の高い木々で覆われている。

材木としての利用を念頭に置きつつ、周囲にスペースを確保できるように伐採を始めなければならないだろう。そうなるとアキノの出番になるが、彼女ばかりにそれを任せるわけにはいかない。

作業効率も考えて、あともうひとりくらいは伐採担当が必要だ。

「俺が風魔法でも使えたらなぁ……」

視線の先には、まだほとんど使用していない神杖リスティックがある。現状では宝の持ち腐れと言わざるを得ないが……今こそその真価を発揮させる時だろう。

「……とはいうものの、まだ全然安定しないからなぁ」

前にも考えたが、できれば魔法を扱えるプロにご教授を願いたい。

「そういえば……あの人は元気にやっているかな」

思い浮かんだのは、商会時代の常連客だった魔女のマージェリーさんだ。

でも、あの人は住むところをコロコロ変えているから、今はどこにいるか……俺から何かを買う時は、基本的に向こうから接触してきたし。

ただ、最後に会ってからもうすでに二ヶ月近く経っているから、ボチボチ顔を見せてくれるはず。

「というか、この村で暮らしてくれるようになればいろいろと助かるんだけどなぁ」

あくまでも理想論だし、断られる可能性もある。

ただ……フリード様曰《いわ》く、俺との接触を希望している元常連客はまだまだいるらしい。その中にマージェリーさんの名前があればいいんだけど。

あと、ガウリー大臣から正式に村づくりを許可されたことで、今後はこちらへ直接交渉にやってくる元常連客もいるだろう。

「ハバートと王都の中継地点になるわけだから、その役割をキチンと果たせるってところを見せておかないと」

まだ始まったばかりとはいえ、のんびりと構えてはいられない。

これからきっと、この村はもっと賑やかになる。

たくさんの人が暮らしていけるように、クラフトスキルをもっと有効に活用できるようにしておかないと。

あとは神杖リスティックの存在——この神アイテムの力を引き出せるようにしたいところだな。

「よぉし……やってやるぞ！」

気合も新たに、俺は村づくりへのさらなる情熱を燃やすのだった。

第八章　村づくり、開始！

翌朝。

朝食を終えると、すぐさま仕事に取りかかる。

まずはアキノ。

彼女にはこの辺りの木々の伐採をお願いする。ひとりでは不安ということなので、アニエスさんが補助としてつくことに。

残った俺とレメット、ソニル、リディアの四人で港町ハバートまでの正確な最短ルートを確認しに行く予定だ。

「道中、モンスターにはお気をつけください」

「大丈夫さ。そんなに遠くへは行かないし」

直進するだけで、広大な海を望める絶景スポットへたどり着く道が地図上にある。ただ、そこは特に草木が生い茂っていて先へは進めず、迂回ルートを通らなければならない。俺としては、この草木を除去して最短ルートを確保したいと考えている。

◇　◇　◇

実際にその場所へたどり着くと……やはり、一筋縄ではいかないほど草木が生い茂っていると改めて感じる。

「とりあえず……目の前に見える雑草からどかしていくか」

「うん！」

「や、やってみます」

まずはソニルとリディアが前に出る。

ソニルは持ち前の身体能力で生い茂る木々の間をスルスルと抜けていき、奥の方まで入り込んで草刈りをしていく。

一方、リディアはというと、

「で、では、私はこれで……」

そう言って一冊の本を取り出す。もちろんこの状況で読書するわけじゃない。彼女が持っている本は魔力によって生み出された魔本《まほん》と呼ばれるもので、その中にアイテムを収納することができるのだ。

彼女が収納しているのは、もちろん父であるデニスさんが作った武器。

――そこまでは、以前聞いていたので知っている。

だが、ここから先が予想外だった。

「これで辺りの草木を切り刻み、運びやすくします」

リディアが取り出したのは、自分の身長と同じくらいありそうな巨大な鎌だった。

この武器以外にも、魔本の中に封じ込められた武器は自在に使いこなせるらしい。

「君にそんな特技があったとは知らなかったよ」

「ま、まだまだ修行中の身でして……ワイバーン討伐くらいしかできませんが……」

「……ワイバーンを倒したのか」

普通は熟練の騎士が数十人がかりで仕留めるワイバーンをひとりで倒した――それで修行中というのは凄いな。

その実力に偽りはなかった。

巨大鎌を自由自在に操って、まるで踊るように草木を刈っていく。

「す、凄い……あの子があんな風に武器を扱えるなんて」

「物を作るには、その物を知るべし――が、デニスさんの教えらしいからね」

それがしっかり生きているってわけだ。

しかし……大人しかったリディアが、あれだけ豪快に武器を振り回している姿は、なんだか新鮮を通り越して神々《こうごう》しさすら感じる。

「さあ、私たちも負けていられないわよ！」

「おっと、そうだったな」

俺たちの村づくり第一弾はズバリ土地確保。

それはまだ始まったばかりだ。


――しかし作業が進むにつれて、ある問題点が浮き彫りになる。

「それにしても……凄い量ですね」

レメットがため息を漏らすのも無理はない。

それほど進路をふさぐ草木の量は多かった。これまでまったく人の手が介入せず、自由に伸びまくっていたのだから仕方がない――とはいえ、さすがにこれほどの規模になると作業する側はたまったものじゃないな。

ソニルとリディアの活躍により、作業時間は短縮されているけど……正直、終わりが見えてこないな。

「神杖リスティックの炎魔法でこの辺り一帯を焼き払えませんか？」

「さすがにそれは難しいかなぁ……」

何気にバイオレンスな提案をしてくるな、レメットは。まあ、それができたらどれほど楽か……

シャレにならないので実際にやったりはしないけど。

「今日一日ですべての作業を終えようとは思っていないさ。時間をかけてゆっくりとやっていこう」

村づくりは早いに越したことはないものの、慌てたからといって事態が好転するわけでもない。焦って作業が中途半端になるよりも、じっくり腰を据えてベストな方向へと進めるようにやっていった方がいいだろう。

レメットはそんな俺の気持ちを汲んでくれて、「それもそうね」と笑ってくれた。

他のふたりも同様のリアクション。間違いなくルート開拓のキーパーソンである彼女たちは、無理をせず、コンディションを整えて作業に当たってもらいたいな。

お昼休憩がてら、俺はここまでの作業を振り返りつつ、どのように進めば最短ルートとなるのか脳内シミュレーションを始める。

「うーん……真っ直ぐこちらへ進むのが最短っぽいけど、ちょっと問題があるな」

ある程度の道筋が見えたことで発覚する問題点。

それについて、

「こうして見ると、坂道が多いね」

ソニルがそう指摘してくれた。

まさにその通り。

実際、港からの運搬に関しては馬車を使うのだろうけど、その場合は足場が悪すぎるうえに、傾斜はそれほどないにしても坂が多い。

「通る際になるべく負担のかからないよう、土をならして石や木の枝なんかは除去した方がいいな」

「そ、そうなると、かなり手間のかかる作業になりますね」

「まあね。――でも、その方がやりがいを感じるってもんだ」

リディアからの言葉に俺は笑顔でそう返した。

困難はなければないでいいが、もし立ちふさがった場合は全力でそれを乗り越えていきたい。これはもう俺の座右の銘と言っても過言ではなかった。

草木を刈り取っただけでは終わらない。

そこからさらに整備をして……こうなってくると、年単位の作業量になってきそうだな。

とりあえず午後からも作業をし、区切りのいいところで屋敷へと戻るかな。

それからは屋敷の改装の続きと、これからの計画をより綿密に立てていく――もちろん、みんなの意見も参考にして。

この村づくりは、俺だけの問題じゃないからな。

「さあ、もうひと頑張りといこうか」

「「おおー！」」

俺たちはそれぞれの持ち場へと戻り、作業を再開するのだった。

◇　◇　◇

新たなルート開拓のために作業を続けていた俺たちは、キリのいいところまで進むと、一旦そこで止めて屋敷へ戻った。

次は屋敷の改装に取りかかろうとしたのだが――

「うわっ⁉」

戻ってきたら、辺りの景色が一変していた。

陽光を遮《さえぎ》っていた木々がなくなり、広々とした空間になっている。切り株は残ったままの状態だが、それでも見違えるほど視界がよくなっていた。

間違いなく、これはアキノの功績だろう。

「あっ、おかえりなさい」

薙刀を手にしてひと息ついていたアキノを発見すると、俺たちは駆け寄った。

「凄いじゃないか、アキノ！」

「これ全部あなたがやったの⁉」

「すっごく広くなったよ！」

「ビ、ビックリです」

俺たち四人の勢いに圧倒されていたアキノだったが、冷静さを取り戻すと、これまでの作業内容について説明をしてくれた。

——とはいえ、見るだけでもその凄さは十分に伝わった。

何せ、最初ここへ戻ってきた時は、別の場所に迷い込んでしまったのかと思うくらいだったからな。

ちなみに切り倒した分は、木材として利用していくつもりだ。

俺のクラフトスキルには素材が欠かせない。今回、アキノが切り倒してくれた木材はまさにその素材としてうってつけだった。これならいろんな物へ作り変えることができる。今からもうワクワクしているよ。

一方、アニエスさんは「これでお洗濯の乾きも早くなります」とほっこり顔。

確かに陽の光が入るのはいいよな。

これまでも決して悪い雰囲気ではなかったが、薄暗さというのはあったわけだし。

気分も一新し、ここからは屋敷の改装へと着手する。

本日最大のテーマは、新たに加わったリディアの部屋を用意すること。

一応、空き部屋はあるため、そこを使えるようにクラフトスキルを駆使していくつもりではあるが……その前に、鍛冶職人の孫娘であり、祖父と同じくその道を歩もうとしている彼女にはぜひとも見てもらいたい部屋があった。

それは――屋敷に増設した工房だ。

「わあぁ～……」

案内すると、リディアは瞳を輝かせながら見つめている。

昨日、王都から帰って来た時は時間も遅かったし、どうせなら部屋作りの際にサプライズ的な意味も込めて紹介するつもりでいた。

俺の思惑はガッチリとハマり、リディアはできたばかりの工房に釘付けとなっている。

……それにしても、

「なるほど……共通の趣味ですか……」

なぜか背後に立っているレメットの圧が凄い。

あと、厳密に言うと趣味ではなく仕事だ。

そのことも伝えてみたが、

「なるほど……初めての共同作業ですが……」

何を言ってもダメそうなので、やんわりと否定だけしておく。

それから本人の希望により、アキノの隣にある部屋をスキルによって改装。

何度も言っているように、クラフトスキルはゼロから何かを生み出すことはできないが、その場に存在している物で、素材が揃っていればお手軽に改装できるのが強みだ。

細部を調整していき、とりあえず部屋が完成――と、その時、

「ウィルム様、少しよろしいでしょうか」

アニエスさんがやってくる。

夕食にしては早い時間のようだけど……どうしたんだろう。

「何かありましたか？」

「来客です」

「ら、来客？」

まもなく夕暮れを迎えようとしているこの森に来客？

しかも俺を訪ねてきたらしいが……一体誰なんだ？

もしかして、前職の常連客？

とりあえず玄関へ向かう。

◇　◇　◇

すると、そこにはひとりの青年が立っていた。身なりも綺麗だけど――って、あれは王国騎士団

の制服じゃないか？

「あなたがウィルム殿ですね」

爽やかな笑顔とともに俺の名を呼ぶ青年。

……うーん。

騎士団にも知り合いは多いが、彼は会ったことがないな。

「はじめまして。僕はメルキス王国騎士団のノーマンと申します」

礼儀正しく頭を下げ、ハキハキとした物言い――絵に描いたような好青年だった。

しかし……なんだってここへ？

その理由を尋ねるため、俺は彼を屋敷内へ招き入れた。

ノーマンは恐縮しながらも、辺りをキョロキョロと忙しなく見回している。話を聞いてみると、彼は一度、この地に来たことがあるらしい。

「以前、ここにあった山小屋は目に入っていましたが……ここまで変わるとは凄いですね。これもクラフトスキルの能力ですか？」

「えぇ。これくらいなら簡単なものですよ」

「ほぉ……さすがですね」

興味津々といった様子でこちらの話に聞き入るノーマン。

とりあえず応接室へと案内し、そこでアニエスさんが淹れてくれたコーヒーを飲みながら話を聞くことに――って、アニエスさんは本来アヴェルガ家のメイド長なんだよな。本人が率先してやってくれるから助かるけど、甘えすぎるわけにもいかない。

……まあ、ともかく、それは置いておくとして。

問題はノーマンがここを訪ねてきた理由だ。

「何かあったんですか？」

応接室のソファに腰かけるとすぐに、俺は本題へと切り込んだ。

ノーマンも早急に話題を振りたかったようで、すぐに話し始めた。

「今回はガウリー外交大臣の命により、馳せ参じました」

「ガウリー大臣の？」

他国との貿易に関する条約を見直し、積極的な外交政策を打ち出していこうとしているガウリー外交大臣は現在多忙の身。そのため、代理としてノーマンをこちらへ送ってきたというわけか。

「本来であれば自分が出向くところだが、と大臣は気にされていましたよ」

「とんでもない。あの方は俺なんかとは比べ物にならない大物ですからね。それに現在は条約絡みのあれこれでお忙しいでしょうし」

「そう言っていただけると、大臣も喜ばれます」

ノーマンはニコッと爽やかに微笑む。

……けど、わざわざ使者を寄越したくらいだから、かなり厄介な案件なんじゃないかな。

「それで、大臣は俺になんと？」

「単刀直入に言うと――あなたのクラフトスキルで強化していただきたい物があるのです」

「俺のクラフトスキルで？」

最初は驚いたものの、大臣が俺を頼るとすればそれしかないよな。

「強化するというのは、具体的に何を？」

「それについてはこちらをご覧ください」

そう言うと、ノーマンは俺たちの間にあるテーブルに一枚の地図を置き、広げる。

「これは……メルキスの南部？」

「その通りです」

てっきり何らかのアイテムかと思ったが……地図を取り出したということは――

「あなたに強化していただきたいのは……ここなんです」

「ここは……ランディス渓谷？」

ノーマンが指し示した場所は、ランディス渓谷という場所だった。ここで俺のクラフトスキルを必要とするなら――アレしかないな。

「ひょっとして、ここにかかっている橋に何かあったのか？」

「察しがよくて助かります。まさにその通りなんですよ」

やはり、そうか。

「実は先日、この辺りで大雨が降りましてね。その影響で大規模な土砂崩れが発生し、ここにかかる橋の一部が破損してしまったんです」

なるほど。

崩落しなかっただけよかったってわけか。

もし跡形もなく壊れていたら、クラフトスキルで修復することはできないしな。

「でも、ここが渡れない状態となると……商人たちにとっては頭が痛いですね」

俺が言うと、ノーマンも「そうなんですよ！」と語気が強くなる。

森を開拓して最短ルートを目指している港町のハバートがメルキス王国の海の玄関口とするなら、このランディス渓谷は山の玄関口といったところか。つまり隣国との国境付近に存在するこの橋は、その玄関口と外を結ぶドアみたいな役割を担っているのだ。

それが壊れたとあっては大問題。

おまけに修復をしようにも、それに長い月日が必要になるなら、メルキス王国にとっても無視できない致命的な問題になり得る。

ただ、クラフトスキルがあればすぐにでも修復ができる。素材さえあれば強化することも可能だ。

……まあ、現場で橋の破損状況をチェックしてみなければなんとも言えないけど。

「今回の件については、正式に依頼をしたいとガウリー大臣は考えておられます」

「分かりました。お受けします」

俺は即答で了承。あまりの即決にノーマンは驚いたように目を見開いたが、すぐに冷静さを取り戻して話を進める。

「話が早くて本当に助かります。大臣もお喜びになるかと」

「俺は商人でもありますからね。ここが渡れなくなることで生じる損害と不安は、痛いほど分かりますから」

困った時はお互い様。

それが俺の商売における信条であった。

おかげで、レメットやソニルといった仲間ができたわけだし。

今回の件についても、他の商会が困っているならその助けになりたい。

「明日にでも現場へ行ってみます」

「おぉ！　それは助かります！　契約内容の詳細についてはこちらの書類に記してありますので！」

「目を通しておきます」

ノーマンは嬉しそうに手を差し出し、俺はそれを握った。

交渉成立。

早速、これから明日の準備に取りかかるとしよう。

結局、ノーマンはその日のうちに王都へ戻ると屋敷を出ていった。

どうやら王都で不穏な動きがあるらしい。

恐らくそれは、ガウリー外交大臣が他国と結ぼうとしている条約絡みのことだろうと騎士団は推測しているようだ。

「条約……か」

貿易に関するその条約を疎《うと》ましく思っている存在——それは何を隠そう、俺の前の職場であるバーネット商会だ。

思えば、俺が今やろうとしているハバートと王都の最短ルートの確保も、彼らからすれば営業妨害に値する行為になる。

……何も起きなければいいけれど。

［幕間］　落ちていくバーネット商会

ウィルムがノーマンからランディス渓谷にかかる橋の修復を依頼される数日前——商業都市ネザルガを拠点するバーネット商会は荒れていた。

無理もない。

わずか数週間のうちに、多くの常連客からのキャンセルが相次いだ。

「どうなっているんだ……」

「お、親父！　またキャンセルだ！」

「ぐっ！」

商会を束ねるジェフ・バーネットは、息子のラストンからの報告を受けて頭を抱える。

創業以来初となる苦境に立たされ、その打開策も見えない。

状況は不利になる一方だが——元凶については思い当たる節があった。

苦境になる直前に解雇したウィルムである。

バーネット商会は経営不振をクビにしたウィルムの仕業《しわざ》であると断定し、彼の周辺調査を極秘裏に行っていた。結果、メルキス王国のアヴェルガ家との結びつき、さらには同国で外交大臣を務める政界の大物とのつながりも発覚した。

「ヤツがガウリー大臣と親交を持っていたのは想定外だったな……」

悔しそうに呟《つぶや》くジェフ。

何を隠そう、メルキス王国が現在取り組んでいる条約の見直しにより、もっとも悪影響を受けるのがバーネット商会であった。

これまで、質の悪い安物の商品を二倍以上の価格にして大量にメルキス王国へ押しつけてきた過去がある。それが可能だったのは、ガウリーの前任である外交大臣との癒着《ゆちゃく》があったからだ。

しかしガウリーは潔癖症で、こうした裏のつながりを片っ端から断っていった。国王が彼を大臣に指名したのも、そうした「綺麗好き」という性分を買ってのことである。

そのため、ガウリーの打ち出した条約の見直しについて、王家が全面的に協力する方向で話が進んでいる。すでに、バーネット商会のあるドノル王国以外の国から商人たちを招き入れる準備も整い始めている。

これに、ジェフは大きな危機感を抱いた。

売り上げが激減しても、なんとかこらえることができたのはメルキス王国というお得意様がいたからだ。

しかしズブズブの関係だった前大臣が追いやられ、ガウリーが就任してからはそちらの収入も見込めなくなり、挙句の果てに、クビにしたウィルムも常連客たちを引き抜いて飛躍しようとしていた。

「おのれぇ……」

いつしか、ジェフやラストンの怒りはウィルムだけでなくガウリーへも飛び火し、最終的にはメルキス王国そのものにまで広がった。

「親父、どうする？　このまま連中のいいようにさせておくのか？」

「バカを言うな、ラストン。――ヤツらが国絡みでワシらを追い込もうというなら、こちらも相応の力を持ってぶつかるまでよ」

「相応の力？　何をする気だ？」

「……支度をしろ、ラストン」

「えっ？」

「これからすぐに王都へと向かい――国王陛下に直談判する」

ジェフは最終手段に打って出ることにした。

あちらが王家を巻き込んで条約を見直そうというなら、こちらの国益を大きく損《そこ》ねるという名目でドノル王国の国王へ話を持っていける。

そうなれば、両国の間で軍事衝突が起こる可能性も出てくる――が、武器や防具も売っているバーネット商会からすれば、これ以上のビジネスチャンスはなかった。

「我が商会を立て直すため……ドノルとメルキスにはひとつ派手に戦争をしてもらおうじゃないか」

「へへへ……さすがは親父だ。あくどいことを考えさせたら右に出る者はいねぇ」

「ははは
っ！　ラストンよ、そう褒めるな」

不遜《ふそん》な笑みを浮かべるふたり。

こうして、事態は徐々に深刻さを増していくのだった。

第九章　アレダイン大橋

新たにリディアが加わった翌日。

ここへ来てからずっと村づくりに没頭《ぼっとう》してきたが……俺の本職である工芸職人《クラフトマン》としての仕事が舞い込んだ。

ガウリー外交大臣からの使いとして、メルキス王国騎士団に所属するノーマンが伝えてくれたのだが、ランディス渓谷にかかる隣国との交易で欠かせない橋――アレダイン大橋が破損したという。

この影響で、現在、その辺り一帯は通行止め状態らしい。

大臣としては、すぐにでも修繕に取りかかりたいところだったが、腕利きの職人を集めたとしても完全に直すには一ヶ月近くの時間を要する。

そんなわけで、俺に依頼してきたのだ。

誰かが作った物であるなら、短時間で修復できるクラフトスキルを有した俺に。

俺としても、これまで数えきれないくらい世話になっているガウリー大臣のためになるなら、ぜひとも協力したい。

——というわけで、朝食を終えるとすぐに屋敷を出ようとしたのだが、

「遅いですよ、ウィルムさん」

「こっちはすでに準備バッチリだよ！」

「ランディス渓谷……私はまだ行ったことがありませんね」

「わ、私も……」

なぜか俺よりも早く支度を終えているレメット、ソニル、アキノ、リディアの四人。

……おかしいな。

昨日の夕食の席で伝えた時、俺はひとりで行くと言ったのに。

「何が起きるか分からないから、ひとりで行かせられません！」

「そうだよ！」

「同じく」

「す、少しでも力になれないかなって……」

「みんな……」

純粋な善意で言ってくれているのだろう。

俺としても、みんなが一緒に来てくれるというのは心強い。

……とはいえ、さすがに全員を連れていくのはどうかと思ったが、意外にもアニエスさんは賛成してくれた。

「あなた方にになら、お嬢様を預けられます」

アニエスさんは最初に俺を見てそう言った後、レメットを除いた他の三人へと視線を移してニコリと微笑む。

高い身体能力がそのまま戦闘力に直結しているソニル。

薙刀を武器に圧倒的な力で敵を蹴散らすアキノ。

鍛冶職人という仕事柄、あらゆる武器を使いこなすリディア。

――って、戦闘力だけでいったら実に頼もしいメンツだ。俺も神杖リスティックの影響で魔法を使えるものの、まだまだ不安定だから助かる。

「屋敷のことは私たちにお任せください」

アニエスさんの他、レメットについてきたメイドさんたちも声を揃えて「お任せください」と力強い言葉をくれた。

確か、みんなひと通りの戦闘訓練を受けているって言っていたな。

特にアニエスさんはめちゃくちゃ強いとか。

――あれ？

そうなると、お嬢様であるレメットを除いて一番の最弱は俺なのか？

……これは由々《ゆゆ》しき事態だぞ。

なんとしても早急に魔法を覚えて、戦闘力を高めないと！

まあ、別に戦わなければいいだけなんだけどさ。さすがに現状のままというのはちょっと嫌だなぁ。

「大丈夫ですよ、ウィルム殿。私たちがお守りしますのでご安心を」

「あ、ありがとう、アキノ」

瞳を輝かせながら頼もしいひと言をくれるアキノ。

できれば……それは俺が言ってあげたいセリフだな。

とりあえずいろいろあったが、こうしてみんなでアレダイン大橋まで移動することになったのだった。

◇　◇　◇

ランディス渓谷への旅路は順調そのものだった。

大きくなったルディの背中で感じる穏やかな気候に爽やかな風――ピクニックには最適な日だな。

とはいえ、俺たちは遊びに行くわけじゃない。

もっと緊張感をもって挑むべきだ。

独立してから初めて手がける仕事。ここをしっかりこなせれば、信頼を得ることができるだろう。そういった事情もあって、俺は気合が入っていた。

「いい天気ですね」

「ホント！　すっごい気持ちいい！」

「平和そのものといった感じがしますね」

「なんだか眠くなってきちゃいますぅ……」

俺と同じようにルディの背に乗る女性陣も、この旅路を満喫している様子。

レメットは貴族令嬢ということもあって、普段は気軽に外へ出ることがないもんな。正直、今もこれでいいのかと疑問に思うことはあるが、アヴェルガ家の当主は娘に社会体験をさせたいという思いもあって俺のところに預けてくれている。いろんな人たちが一緒に暮らしている現状が、フリード様の狙い通りになっていると言っていいのかな。

離島で暮らしていたソニア。冒険者パーティーのメンバーとしてダンジョン通いの生活をしていたアキノ。人里離れた工房で祖父と一緒に鍛冶職人としての腕を高め続けてきたリディア。

彼女たちもまた、気軽にいろんな場所へ出かけられる環境になかったので、今の状況が楽しいのだろう。

しばらくすると、

「おっ？　見えてきたな」

目的地であるアレダイン大橋。

まだ少し距離はあるが、ここからでもその姿を確認することができる。

「この距離から見る限り……大きな損傷はないように見えるけど……」

使用禁止になっているという割には、ほとんど原形をとどめているな。これなら日帰りで終われる仕事になるかもしれない。念のため、テントとかも積んではきたけど、使用する機会はなさそうだ。

ルディに声をかけ、橋の近くへ降りてもらう。それから橋へと近づこうとしたのだが、

「ウィルム殿、少しよろしいですか？」

眼光が急に鋭くなったアキノが声をかけてくる。

「どうかしたのか？」

「……誰かがこちらを監視しているようですね」

「か、監視？」

「あるいは見張りでしょうか。一点から動かず、視線だけをこちらに向けています」

さすがは冒険者歴の長いアキノだ。こういう観察眼の鋭さは、母親であるエリさんによく似ている。幼い頃から鍛えられているから身についたのだろう。

しかし……俺たちを見張っている者って、一体誰なんだ？

ノーマンのような大臣の使いって線は薄いと見ていい。

そうなると、考えられる可能性は――

「前職場の常連客か……もしくは、前職場の同僚か」

前者であれば喜ばしい。ただ、もし後者だった場合は……用件によるな。

「どうします？　接触しますか？」

レメットが判断を求めてくる。

俺としては、このまま放置しておいても特に困ることはなかった。クラフトスキルの件についても、元職場の人間なら誰でも知っているし、今さら隠しておくようなことでもないからな。

「向こうが危害を加えてこないなら、下手に刺激する必要はない。今はこっちの仕事に集中しよう。――とはいえ、何か変な動きをしたらすぐに伝えてくれ」

「分かりました」

アキノにそう指示を出しつつ、みんなにも状況を説明してから橋へと向かった。

特にこれといった接触もなく橋へたどり着き、すぐさま状態をチェック。空から見ている分には気づかなかったが、すぐ近くまで接近してようやく詳細が分かった。

「大きな損傷があるわけじゃないけど……あちこちに傷がついている。おまけに一部、亀裂《きれつ》が入っている箇所もあるな」

橋だけでなく、周りの状況も視野に入れながらさらに分析を続ける。

「土砂崩れが原因と聞いたけど、土や倒木の処理は終わっているみたいだね」

「恐らく、あそこにいる方たちのおかげでは？」

「えっ？」

レメットからの言葉を受けて視線をそちらへ向けると、確かに橋のすぐ近くに数人の男性の姿が確認できた。身なりから察するに、この橋の建設にかかわった職人たちだろうか。

その職人たちの中に、よく見知った人物がいた。

「うん？ ——おぉ！ ウィルムじゃないか！」

「ビアードさん！」

職人たちの中にいたのは、かつて俺がバーネット商会にいた頃の常連客であったビアードさんだった。彼は腕の立つ職人であり、弟子の数は百人以上。王都にあるメルキス城の修繕工事を任されているほどである。

「ガウリー大臣が緊急事態だからってよその職人に協力要請を出したとノーマンから聞いていたが、まさかウィルムだったとは」

「俺も驚きました」

話を聞くと、この橋の建設にビアードさんたちもかかわっているらしく、土砂崩れによって破損した部分の修繕のためにやってきたらしい。

ただ、やはり人力では時間がかかってしまう。

今回は一刻も早い復旧が望まれていることから、俺の方に役目が回ってきたのだ。

「おまえのクラフトスキルなら、修繕はあっという間だろう」

豪快に笑い飛ばすビアードさんだが……言い換えれば、俺が彼らの仕事を奪った形になってしまう。

とはいえ、今回はあくまでも急を要する事態のため、急遽俺が呼ばれたに過ぎない。

本来ならば、この仕事はこの橋を建設した彼らの役目だ。

その後、職人たちとうちのメンバーで軽く自己紹介をしてから、クラフトスキルによる修繕作業開始――と思った矢先、ビアードさんから妙な話を聞いた。

「今回の橋の破損だが……どうも土砂崩れだけが原因ではないようだ」

「？　と、いうと？」

「壊れている箇所を調べてみたんだが……明らかに人の手によって加えられたと思われる傷が数ヵ所見つかった」

「えっ？」

それってつまり、誰かが意図的にこの橋を使用できないようにしたってことか？

……もしかしたら、ガウリー大臣はその可能性を考慮して彼らを呼んだのかもしれない。俺は直したり強化したりすることはできても、橋の状態から人為的にダメージを与えられたって情報は読み取れないからな。

――で、ビアードさんからその話を聞いた時、ふと頭に思い浮かんだのはバーネット商会であった。

ヤツらが手を回して、この橋を落とそうとした？

アキノが見つけた、俺たちを監視している連中というのも商会の回し者か？

「……それで、そのことはガウリー大臣に？」

「報告するよう、うちの若い衆を何人か王都へ向かわせた。……まあ、どうせ大臣がやろうとしている条約の見直しに反対する連中の仕業だろうよ」

どうやらビアードさんも同じことを考えていたらしい。

「ガウリー大臣の前任は積極的に談合を持ちかけていたっていうしな。情けねぇ限りだぜ。欲に溺《おぼ》れて魂まで金に売っちまうとはな」

昔気質《かたぎ》の職人であるビアードさんには、それが許せないのだろう。

だから、そうした政治の闇の部分を振り払おうとするガウリー大臣を信頼しているし、大臣もまたビアードさんを信頼しているのだ。

重要な情報も聞けたところで、そろそろ本題へ移るとするか。

◇　◇　◇

俺はスキルを発動させると、アレダイン大橋に向かって一歩ずつ近づいていった。

「一発ビシッと決めちゃってください」

「頑張れ、ウィルム！」

「我々はここで見守っています」

「ファ、ファイト〜」

女性陣からの声援を受けつつ、俺はスキルを発動させる。

……今回は、これまでとスケールが違う。

森の屋敷とは比べ物にならないくらいの大きさだ。壁や床やドアと、パーツごとに修繕ができるわけでもない。一度で全体を直す必要がある。

使うのは――【修繕】の能力。

それも、ここへ来てから最大級の力を発揮しなければならない。

俺は橋の上を数メートルほど歩くと、腰を落として足元に手を置いた。

「……この辺りでいいかな」

大体の場所を決めると、すぐにスキルを発動させる。

途端に、橋全体が青白い光に包まれた。

ここまではいつも通り。

――こいつはちょっと厄介だ。

修繕しにくいとかじゃなく……思っていた以上に橋がデカすぎるのだ。時間をかけている場合でもないし、だからといって雑に済ますわけにもいかないし……ここはちょっと気合を入れるか。

「ふぅ」

呼吸を整えてから、改めてスキルを発動させた。

先ほどまでとは違い、今度はより多くの魔力を込める。屋敷を直す際には、窓や廊下など修繕箇所が細かく分類されていたため、魔力の消費を抑えていたが……今回は、現段階で可能な限りの魔力を注ぎ込む。

意識を集中させ、両手に魔力を集約するとそのまま足元にある橋へと触れた。直後、青白い光が橋全体を包み込む。

その輝きが増していくたびに触れている手を通して橋の状態が伝わってきた。

「「「「おおおおおおお！」」」」

橋から離れた場所から見学しているレメットたちから歓声があがる。

これまでにない規模だから、みんな驚いているみたいだな。俺もこれは滅多に使わないんだよねぇ……めちゃくちゃ疲れるから。

気を取り直して作業に集中。

魔力消費が多い分、失敗はできない。

一発勝負は常に油断禁物だからな。

声援をありがたく受け止めつつ、橋へと意識を戻していく。

……よし。

いい調子だ。

さっきよりも橋が元通りになっていく速度が上がっている。


約十分後。

いよいよ完成が間近に迫り、俺は仕上げとばかりに魔力を強めた。

次の瞬間、カッと青白い閃光《せんこう》が周囲を包む。それが完全に消え去ると、アレダイン大橋は以前と変わらぬ勇《いさ》ましい姿を取り戻していた。

「こんなところか」

◇　◇　◇

ひと仕事を終えてみんなのところへ戻ると、すぐに囲まれて賞賛の嵐にあった。

「さすがですね、ウィルムさん！」

「お見事です！」

「カッコよかったよ！」

「す、凄いぃ……」

「こりゃあ職人も驚きの力だな」

女性陣だけでなく、ビアードさんたちからも賛辞を贈られる。


――その時だった。

「な、なんだ、おまえたちは!?」

背後からビアードさんとともに修繕に来ていた職人の驚いたような声がした。

慌てて振り返ると、職人やレメットたちのもとにどこから現れたのか、武装した人相の悪い男が十人ほど集まっていた。

最初は俺たちを監視していた者かと思ったが……気配がまるで違う。そもそも、こんな大人数ではなかったし。

「あなたたち！　一体なんのつもりですか！」

果敢にも男たちへ立ち向かったのはレメットだった。

――って、まずい。

俺はフォローするために急いでみんなのもとへと走った。

「威勢がいいねぇ、お嬢ちゃん。……だが、賢い態度とは言えないな」

「けっ！　どうせ条約改正反対派が送り込んできたチンピラだろうが。とっとと失せな」

職人のひとりがそう言いながら前に出た。

「それは俺たちのセリフだ。痛い目に遭いたくなかったら、さっさとおうちへ帰りな」

武器を手にした男たちのひとりがそう言うと、皆一様に下卑《げび》た笑みを浮かべる。

しかし、武器を持つ者ならこっちにもいるぞ。

「実力行使に訴えるなら、こちらにも準備があります」

そう口にし、薙刀を構えたのはアキノ。

さらに拳を握りしめたのはソニル。

今日は自作でお気に入りの弓矢を持ってきていたリディア。

……怖い。

三人の実力を知る俺からすると、自然とそんな感想が漏れ出てしまう。

だが、それはあくまでも三人の実力を知るからこそ口にできるものであり、初対面である男たちにはまったく効果がない。

その証拠に、男たちは大爆笑していた。

「おいおいおい！　そんな危ない物を持っていちゃ怪我《けが》しちゃうぜぇ？」

ヘラヘラと笑いながら、剣を手にしたスキンヘッドの大男が近づいていく。

――迂闊《うかつ》すぎる。

「はっ！」

短い雄叫びをあげたのはソニルだった。

目にもとまらぬスピードで男との距離を詰めると、強烈なパンチを脇腹へと叩き込む。

直後、男はド派手に吹っ飛び、泡を噴いて倒れた。

「「「なっ⁉」」」

これには悪党だけじゃなく、ビアードさんたちも驚く。

……こんなのまだ序の口なんだけどね。

「あれ？　もう終わり？」

「いつものソニルのパンチに比べたら、パワーもスピードもだいぶ抑えていたように見えましたが……」

「も、もしかして、あれより手加減しないと大怪我しちゃうかな？」

男たちのあまりの弱さに困惑する三人。

「ど、どうなっているんだ、あの子たちは……」

「えぇっと、それはですね――」

茫然としているビアードさんに、俺は彼女たちの素性を説明する。

ソニルは翡翠島出身の獣人族で、アキノは冒険者パーティー【月光】のリーダーの娘で、リディアは伝説的な鍛冶職人であるデニスさんの孫――それを聞いたビアードさんと職人たちはあんぐりと口を開いたまま立ち尽くしていた。

……まあ、そうなるよね。

ちなみに、俺はこの情報を大声で伝えた。

職人たちへきちんとした情報が行き渡るようにという配慮からだが……それとは別に、襲ってきた連中への牽制《けんせい》という意味もあった。

こちら側にいる戦力の詳細を知れば、引き返すかもしれない。

そんな淡い期待を抱いていたのだが――

「ひ、怯《ひる》むな！　数はこっちの方が上なんだ！　一斉に飛びかかれ！」

リーダーっぽい男が、俺のアシストをガン無視して仲間たちを鼓舞《こぶ》する。

――が、それはあまりにも無謀な行為。

数で押しきれるほど、その実力の差は甘いものではない。それはハバートや王都での戦闘を見てきたから言えることだ。

とはいえ、その差を分かっていながらも退けない事情というものが彼らにもあるのだろう。

どうせ、報酬を前払いしたから手ぶらで帰るわけにはいかないとか、その辺かな。

だからといって、こちらも退くわけにはいかない。

あくまでも向かってくるというなら、受けて立つまでだ。

俺やビアードさんたちも、このまま彼女たちに任せっきりにするわけにはいかないと立ち上がり、男たちへ立ち向かおうとしたのだが、

「「「「ぐあああああああああっ⁉」」」」

一掃——まさにその表現がピタリと当てはまる展開だった。

押し寄せる屈強な男たち（武装済み）を相手にして、アキノ、ソニル、リディアの三人はまったく臆することなく蹴散らした。

リディアとか、王都で出会った時は昔と変わらない引っ込み思案な性格だったのに……年の近い友人ができて変わりつつあるのか？

「これで終わりのようですね」

「なんだか呆気なかったね」

「でも、怪我なくてよかったですぅ」

三人のおかげで助かったには助かったんだけど……俺たちのこの意気込みはどうやって消化したらよいものか。

とにかく、リディアの言う通り、誰も怪我しなくてよかったよ。

結局、三人の猛攻を受けた男たちは、通報を受けて身柄を拘束しに来た騎士団に連れていかれるまでずっと気絶していた。

トラブルはあったものの、クラフトスキルを用いた修繕作業はその日のうちに終了。

これで明日から問題なく行き来できるはずだ。

あとはこの件を城へ伝えに行かなければならない。

――で、その役割は俺たちが果たすこととなった。

「じゃあな、ウィルム。何かあったらすぐに連絡をくれ。おまえのためとあれば、いつでも駆けつけるぜ」

「ありがとうございます」

ビアードさんから頼もしい言葉をもらった俺たちは、王都へ向けて出発した。

◇　◇　◇

アレダイン大橋の修繕が完了したことと、その作業を妨害しようとした者の存在を伝えるため、俺たちは再び王都へとやってきた。

ガウリー大臣は不在ということで、代わりの者が話を聞くという。

その代理人とは面識があった。

「やあ、ジュリスさん」

「お久しぶりですね、ウィルム殿」

現れたのは二十代半ばほどの女性。メガネをかけ、長いオレンジ色の髪を三つ編みでまとめている。お手本のような委員長スタイルをしたジュリスさんは、ガウリー大臣の補佐を務めていた。

「本来であれば、ガウリーが直接お話を聞くところですが……申し訳ありませんね」

「いえいえ、ジュリスさんなら、こちらとしても話しやすくて大歓迎ですよ」

「そう言っていただけると助かります」

ニコッと微笑むジュリスさん。

これぞまさに大人の余裕ってヤツだな。

おまけに美人だし。

――ただ、

「「「「…………」」」」

背後から四つの凄い圧を感じる。

……いかんな。

美人相手だからと鼻の下を伸ばしていては信頼を損ねる。相手が誰であろうと、常に真摯な対応を忘れずにいなくては。

「では、こちらへどうぞ」

ジュリスさんに案内され、報告の場を彼女の執務室へと変更。

そこで、ここまでの経緯を一から説明していく。

「そうでしたか……」

橋の修繕を邪魔しようとした者たちの存在を知ったジュリスさんの表情は暗い。

ビアードさんの調査により、あの橋は人の手が加えられたことによって損傷した可能性が高いことも判明している。

そうなると、橋を破壊した者と修繕の妨害に来た者たちは同一と見るのが自然な流れだろう。

――問題は、その雇い主だ。

条約改正とはまったく縁のなさそうなチンピラ――金で雇われたならず者って感じだった。とすると、肝心の黒幕が残っている。ヤツらに指示を出した条約改正反対派が。その筆頭にいるのは……俺の前職場の人間である可能性も。

「今回の事件の裏には……もしかしたら、バーネット商会が絡んでいるかもしれません」

俺がそう切り出すと、ジュリスさんだけでなくレメットたちも驚いたような表情を浮かべた。

「ウィルム殿は……何か情報を掴んでいるのですか？」

「残念ながら、それを決定づける証拠などはありません。――ただ、ジュリスさんもご存じの通り、商会の代表を務めるジェフ・バーネットは、条約改正に猛反対しています」

「王国議会の場で『条約改正は国益を損ねる愚策』と言いきったくらいですものね」

「あまり言いたくはありませんが、大臣を相手に真っ向からそう言える度胸だけは凄いと思いますよ」

レメットがそうこぼしてしまうくらい、バーネットは条約改正に反対しているのだ。

一方、国政に詳しくないソニル、アキノ、リディアの三人は揃ってなんのことやらと首を傾げている。

……ここからはレメットの出番になりそうだな。

「とにかく、これから捕まえてくれた男たちを尋問して黒幕を吐かせます」

ジュリスさんのメガネがキラリと光る。

前々から思っていたんだけど……尋問とかって単語が出るとイキイキしてないか？

「何か？」

「い、いえ、なんでもないです。それじゃあ、俺たちはこれで……」

「村づくりの途中でしたね。頑張ってください」

「ありがとうございます」

報告を終えて、俺たちは城をあとにした。

黒幕が気になるところではあるものの、ここからは騎士団の領分。

向こうからの報告を待ちつつ、本来の目的である村づくりに専念しなくちゃな。

◇　◇　◇

アレダイン大橋の一件から一夜が経った。

この日もみんなで村づくりに励もうと朝早くから動きだしていた――と、

「よう。朝早くから元気だな」

「ビアードさん！」

俺たちの村を訪れたのは、ビアードさんと弟子の職人たちだった。

「どうしたんですか？」

「ちょっとした報告さ」

「報告？」

一体なんのことかと思ったら、アレダイン大橋の件についてだった。

修復がすぐに終わったことで、商人たちの時間的なロスも最小限に抑えることができた。さらに、橋が壊されないように騎士団が護衛についているらしい。

これには王家だけでなく、メルキスの王都にある多くの商会が感謝しているようで、彼らの間では工芸職人《クラフトマン》の名が飛び交っているとのこと。

「いい宣伝効果になったな」

「それは副産物って感じですけどね」

独立してから初めての仕事ってことで、俺としても張りきって取り組んだけど、それがいい結果を生んだようだ。

何事も一生懸命にやっていればいずれ運が向いてくるとはよく言ったものだが、今回は随分と早くそうなってくれたのもありがたい。

「それにしても……大臣の補佐が言っていた通り、本当に村づくりをしているんだな」

レメットやアニエスさんたちが仕事をしている様子を眺めながら、ビアードさんがボソッと呟く。

というか、ジュリスさんから聞いたのか。

「港町ハバートと王都を結ぶ最短ルートを開拓しつつ、その中継地点となる村にしていくつもりなんです」

「ほぉ……コンセプトは素晴らしいな。――で、村づくりに欠かせない職人たちの手配は済んでいるのか？」

「それはまだこれからなんです」

「なら……ここに腕のいい職人が数人いるぞ？」

「えっ？」

ビアードさんたちは、一斉に愛用の道具を取り出してニコッと笑う。

「い、いいんですか？」

「というか、こんな凄ぇ面白そうな仕事をやっているなら俺にひと声かけてくれよ！」

逆に怒られてしまった。

俺がこれまで一緒に仕事をしてきた中で、間違いなくビアードさんは建築部門のナンバーワンである。そもそも、国内外にもその名を轟《とどろ》かせるほどの有名人だから、俺なんかが依頼しても……という気持ちがあったのだ。

だから、そんなビアードさんから「なぜ呼ばないんだ」と言われるのは正直嬉しいな。

「すでに土地はできているじゃないか。材木もあるみたいだし、これならすぐにでも取りかかれるぞ」

「ほ、本当ですか⁉」

「任せておけ！」

なんと頼もしいお言葉！

これまでどうしようかと悩んでいた職人が、このような形で村づくりに参加してくれるとは……ありがたい限りだ。

というわけで、早速ビアードさんたちと建物の配置について話し合った。

そもそも、この場にいる人間以外に村人がいない状態なので、どれほど家屋や店を作ればいいのか、不透明な要素が多いものの、とりあえず可能な限り範囲を広げていくことにした。

想定通りに進めば、かなりの規模になるはず。そうなると村を通り越して、都市レベルにまで発展するかもな。

……まあ、さすがにそうはならないと思うけど。

ビアードさんたちの加入により、村づくりはその速度を上げた。

家屋については基本彼らにお任せで、俺のクラフトスキルはその仕上げのために使用することになった。

アレダイン大橋の時によりハッキリしたことだが、家や橋という大きな建築物をゼロから生み出すにはまだまだ魔力不足。便利さでは魔法を圧倒するクラフトスキルも発展途上の段階にある。これについては魔法同様、今後経験を積んでいけば、さらに使いやすくなるだろう。

さて、職人が集まっても建てる場所がなければどうしようもない。

その悩みは、アキノがあっさりと解決してくれた。

「随分と見晴らしがよくなったな」

鬱蒼と生い茂る木々が、着実にその数を減らしている。これもすべてはアキノのおかげ。彼女の薙刀を扱う技術があれば、木々の伐採などお手の物なのだ。

最近ではリディアも手伝っているらしい。

彼女も腕利きの鍛冶職人であり、完成した武器の出来を自分で試すため、その使い方も一流のレベルだった。最近は暗器《あんき》作りに目覚めたらしいが……それはまた今度見せてもらうことにしよう。

また、職人たちが村に必要な建物作りを始めてくれた一方で、完成した建物もあった。

それは――俺たちの生活拠点となる屋敷だ。

「あの山小屋が……劇的な進化ですね」

完成度の高さに、思わずレメットも唸る。

でもまあ、我ながらよくできたと思うよ。使用人も含め、それぞれの部屋もきちんと用意しつつ、俺やリディアが使うための工房も併設した。補強もバッチリしてあるし、大地震が来ても崩壊することはないだろう。

「これでようやく落ち着けるな……」

今までドタバタしていたけど、とりあえず形になって何より。これで腰を据えられるってものだ。

というわけで、午前中は広くなった土地の活用方法についてビアードさんたちと協議をし、午後からそれぞれの活動に移ることとした。

◇　◇　◇

――で、俺たちの仕事だが……まだ途中となっているハバートへの道作りを再開する。

こちらは木々の伐採までは行わず、道をふさぐように生えている草や倒木などを片づける作業が中心となっていた。

「こっちにも人員を割きたいところではあるけど……」

新たに職人たちが加わってくれたものの、まだまだ戦力不足。

人を集めたいが、その手段もないしなぁ。

というか、この村の存在を知っている人が少なすぎるのが致命的なのだ。

「ジュリスさんに相談してみようかな」

「っ！」

ボソッと何気なく呟いたつもりだったが、近くにいたレメットにはそれが聞こえたらしく、物凄い勢いで距離を詰められる。

「またあの人のところへ行くんですか？」

「えっ？　ま、まあ、状況によっては……」

「随分と仲がよろしいのですね？」

「まあ、年も近いし……前の職場でガウリー大臣絡みの案件を受け持つ時は、基本的に彼女を通すことが多かったっていうのもあるかな」

「な、なるほど」

「あと、一緒に飲みに行ったり」

「「えっ⁉」」

今度はリディアも大きめの反応を示す。一方、ソニルは「どうかしたの？」とふたりが困惑している理由に見当がついていない様子だった。

「ふたりきりでお酒を？」

「あ、ああ、彼女が『せっかく年も近いんですし、今日はお仕事の話を抜きにして楽しみましょう』って誘ってくれて……メルキス王国で仕事があった時はたまに会って飲んでいたよ」

「これは……」

「絶対に来ますね、ジュリスさん……」

レメットとリディアは、ジュリスさんがこの村へ来ると思っているらしい。それはどうかなと思うが、条約改正のために動き続けている多忙なガウリー大臣とのパイプ役として、足を運ぶ機会は今後増えてくると思う。

――と、予想していたら、

「ウィルム様」

突然、メイド長のアニエスさんがやってきて、

「お客様です。なんでも、ガウリー外交大臣の補佐役を務めている方だとか」

来客を伝えるのだが……まさかの的中だったか？

ともかく、わざわざここまで足を運んだということは重要な話でもあるのかな。

「ごめんなさい、ちょっと伝え忘れていたことがあって」

「いえいえ。わざわざお越しいただいて、ありがとうございます」

「ふふふ」

「？　どうかしましたか？」

「いえ、やっぱりウィルム殿は真面目というか……ここはお城でもないんですから、お酒を飲む時のようにくだけた話し方でもいいのにと思って」

「そ、それは……」

「あの時のようにジュリスと呼び捨てでいいんですよ？」

「うっ……」

まさに大人の女性といった雰囲気を醸し出すジュリスさん――いや、ジュリス。

確かに、酒の席では仕事を離れ、年齢の近い飲み仲間って感じで接するから基本タメ口になっている。しかし、彼女の本業は俺の常連客であるガウリー大臣の補佐……気軽に接することは難しいんだよな。

……あと、背後から強烈な視線が。

「ジュリスさん、でしたかしら？」

目元をピクピクさせながら、レメットが先陣を切る。

「本日はどのようなご用件でこちらに？」

「あぁ、そうそう。レメット様たちをアレダイン大橋近くで襲った男たちの身元が割れたんですよ」

さすがに大貴族令嬢であるレメットには「様」をつけて話すか——と、そんなことに感心している場合じゃない。

連中の正体が分かったということは、その黒幕についても何かしらの情報を得た可能性もある。

「それで、ヤツらをけしかけたのは？」

「残念ながら、そこまでは……彼らは使い魔を介して依頼を受けていたようです」

「使い魔……」

ということは、魔法使いが関与しているということか？

「使い魔を持つ魔法使いが黒幕かどうかもまだ分かっていません。ただ、一度だけ本人と思われる声を聞いたことがあるようで、そこから女性であることが分かったそうです——が、それ以外については何も……もしかしたら、その魔法使いも誰かに雇われている可能性もあるようですが」

「まだまだ真相は闇の中——ってことか」

ヤツらの根っこにあるのは条約改正反対ってことだと思うけど……魔法使いが絡んでいるのは予想外だった。バーネット商会が黒幕だと決めつけるにはまだ早そうだな。

「ところで……ウィルム」

「な、何？」

呼び方が変わった時点で、何を求められているのかはすぐに分かった。

「今日はこのままベルガン村で泊っていくつもりのだけど、久しぶりに飲まない？」

「いいね。喜んでお相手させてもらうよ」

「なら、仕事終わりに村の酒場で、ね？」

「あ、ああ」

「じゃあ、楽しみにしているわ」

そう言って、ジュリスはニコニコしながら去っていく。

……さてはこっちが本命だな？

正直、彼女と飲むお酒はおいしい。あれだけの美人だし、酒がいつもよりずっとおいしく感じられるというのもある。

ただ一点だけ気をつけたいのが……ジュリスの酒癖の悪さだった。

お酒が好きなくせにすぐ酔うからなぁ。

おまけに酔いがひどくなると絡み酒へと進化する。普段は仕事のできる美人として城内でも有名なのに、あんな弱点があったとは……初めて知った時はちょっと信じられなかったけど。

とにかく、今日の夜はベルガン村へ行くことをみんなにも伝えておかないと。

「そういうわけなので、今日の晩は――」

「私も行きます！」

言い終えるよりも先に、レメットが謎の立候補をする。

彼女だけでなく、ソニル、アキノ、リディアも手をあげていた。

……しかし、まだお酒の飲めない年齢の彼女たちを酒場に連れていくわけにはいかない。

それと、

「悪い……君たちを連れてはいけない理由があるんだ」

「っ⁉　そ、それってどういう――」

「搾《しぼ》り取られるんだ、彼女に」

「しぼっ⁉」

酔うとその場で寝っ転がったりするからなぁ……介抱のために気力と体力をごっそり搾り取られるんだ、毎回。

そのことを告げると、なぜかレメットは卒倒。

いろいろ考えすぎて、体調を崩してしまったのかな？

今日の作業は早めに切り上げるとするか。

◇　◇　◇

レメットをアニエスさんに預け、他の三人にも諸々の事情を説明してから、俺はベルガン村へと向かう。

平穏なこの村は、夜になるとさらに人通りが寂しくなる――が、たった一ヵ所だけ、この時間になっても賑やかな場所があった。

それはこの村唯一の酒場。

食事もできるこの店は、村の人たち（独身男性）にとって憩《いこ》いの場だった。

こういった店に女性がひとりで入るのは危なっかしい面もあるが……このベルガン村であれば問題ないだろう。

おまけにジュリスはこの村の出身。周りは幼い頃から彼女を知っている、いわば親戚みたいな立ち位置だった。

店内へ足を踏み入れると、客たちの視線がこちらに向けられる。

総勢で十二人。

そのうちのひとりであるジュリスはカウンター席に座っており、その手元にはすでに酒の注がれたグラスがあった。

「遅かったじゃない。先に始めていたわよ」

すでに顔がちょっと赤くなっているジュリスが、そのグラスを左右に小さく揺らしながら言う。

「すまない。――って、アトキンスさん？」

彼女の横の席へ着こうとしたら、その反対側にベルガン村の村長のアトキンスさんの姿が。

「どうかしたんですか？」

「どうもこうもあるか……」

アトキンスさんは明らかに不機嫌だった。

その理由は……やっぱり、ジュリスだろうな。

「まったく……私はもう子どもじゃないんだから、わざわざ見張るようなマネをしなくてもいいのに」

「バカ野郎！　いつまでも子どもみたいな酒の飲み方をしやがって……おかげでこっちはのんびり飯も食えねぇ！」

「子どもはお酒を飲めないけど？」

「揚げ足を取ってんじゃねぇよ」

……始まってしまったか。

このふたりの親子喧嘩は今に始まったことじゃない。まあ、こういうやりとりができるのは、むしろ仲がいい証拠と言えるだろう。

「大体、それを言うならお父さんだってろくな飲み方してないじゃない」

「うるせぇ！　自分の娘に酒の飲み方でケチをつけられたくねぇよ！」

「だったら、酔いつぶれて店主さんに家まで運んでもらうなんて情けないことしないでよ」

「おまえには言われたくねぇよ！　いつもウィルムに尻ぬぐいさせているだろ！」

「し、尻ぬぐいって……そこまで許したことは……」

「そういう意味じゃねぇよ！　本当にウィルムがそんなことしたらきちんと責任を取らせろよ！」

「その手があったわね……」

「ちょっと⁉」

酒の影響もあってか、ふたりの話があらぬ方向へ行きかけたのでたまらず軌道修正に取りかかる。

「そ、そういえば、大臣補佐の仕事はどう？」

「おかげさまで。ガウリー大臣は誠実で有能な方だから、きちんと補佐できているのかちょっと心配だけど」

「大丈夫だよ。いつも助かっているって言っていたし」

「それならいいけど」

周りからは超絶エリートと見られているジュリスにも、そんな悩みがあったとは。これはちょっと意外だな。いつもなんでもそつなくこなしているイメージがあったし。

「おいおい！　こんなとこまで来て仕事の話なんかするなよ！　ほれ！　ウィルムもどんどん飲んでいけ！」

「あっ、は、はい」

アトキンスさんの言う通りだ。

この楽しい空気の中で仕事の話を持ち出すのは不作法。

今日はとことん飲むとしよう。

ベルガン村での楽しい夜は過ぎていき――この日はそのままアトキンスさんの家に一泊することとなった。

「ふぁぁ～……」

目覚めると、すでに周りは明るくなっていた。

日帰りのつもりだったが、あそこまで盛り上がるとは想定外だったからなぁ……まあ、アニエスさんにはそうなる可能性もないわけじゃないと言っておいたから、きっとみんなにうまく説明してくる……はず。

幸い、二日酔いもひどくないので、このまま森へ帰ろう。

それを伝えるために部屋を出た直後、アトキンスさんと顔を合わせる。

「おっ？　ようやくお目覚めか。体調はどうだ？」

「二日酔いもなさそうですし、問題ないです」

「そりゃよかったな」

「はい。――それより、ジュリスは？」

「あいつなら城へ戻っていったよ」

「随分早く出たんですね」

昨日あれだけお酒を飲んでいたから、てっきり今日はお休みをもらっているとばかり思っていたが。

「それがどうも緊急招集がかかったみたいなんだ」

「緊急招集？」

「今朝早くに王都から使い魔が来てな。呼び出された内容までは聞き出せなかったが……あの慌て方からすると結構なトラブルが起きたらしい。まあ、あいつの仕事柄、そういった非常事態っていうのは割と多いだろうけど」

「そ、そうですか……」

条約改正を目指して動いているガウリー大臣は、多忙を極めている。

その中で、ジュリスの力が必要になる事態が発生したということか……しかし、あのジュリスがパッと見ただけで慌てていると分かるほど動揺するとは。

……なんだか、嫌な予感がするな。

「辛気臭《しんきくさ》い顔をするな。あいつなら大丈夫だよ。それに、大臣はちょっとやそっとのことでは動じない鋼《はがね》の心を持った方だ。どんな事態に陥《おちい》ろうとも、きっと乗り越えてくれるよ」

「……ですね」

さすがは国民からの支持率が圧倒的に高いガウリー大臣。

もちろん、俺も気持ちとしてはアトキンスさんと同じだ。

この国をよくしようと、国民のことを第一に考え、蔓延《はびこ》る闇を一掃しようとしている大臣には、強い意志がある。

だが、同時にその行いに対してよく思わない層も存在していた。

今回のアレダイン大橋の件もそのひとつだ。

また何か、それに匹敵する大きなトラブルが起きたのか……もし、俺のクラフトスキルで解決できる事態なら、ぜひとも協力したい。

——とはいえ、俺は俺で大臣から依頼された「村づくり」という大事な仕事がある。そちらをおろそかにすることはできない。

俺はみんなに状況の説明をするため、アトキンスさんに挨拶をしてからベルガン村を出て、屋敷のある森に帰った。


すでにビアードさんやアキノたちは外で仕事の真っ最中であった。

「ただいま」

「っ！　ウィルム殿！」

戻って早々、アキノが慌てた様子でこちらに駆け寄ってくる。

まさか、こっちでも何か問題が起きたのか？

「今はちょっとまずいです！」

「へっ？」

アキノが走りながらそう告げた直後、突然彼女の足が止まった。

それと同時に、背後から凄《すさ》まじい圧が――

「ウィルムさん……少しお話、よろしいですか？」

振り返ると、満面の笑みを浮かべたレメットが立っていた。

その脇には祈るように両手を合わせるアニエスさんの姿も。

……これはまた、長期戦になりそうな予感だ。

◇　◇　◇

レメットのお説教が終わると、時間は昼近くになっていた。

午後からは、とりあえずここまでの進捗状況を確認しようと辺りを見て回ったが、

「おおっ！」

想像以上に、村づくりは進んでいた。

まず、アキノによる木々の伐採作業はすべて完了しており、また、ビアードさんたちの手によって切り株も除去されていた。地面はまだその作業時の名残《なごり》があってデコボコしているが、これは整地すれば問題ないだろう。

ともかく、村としての機能が果たせそうなくらいには平地を確保できていたのだ。

「凄いな。わずか数日のうちにここまで進むなんて」

「アキノの腕がいいんだ。あの有名な冒険者パーティーのメンバーでなければ、すぐにでもうちにスカウトしたいくらいだよ」

「そんな……私なんてまだまだです」

アキノはそう謙遜《けんそん》するが……お世辞抜きに彼女の薙刀さばきは凄い。――ただ、彼女の場合は遠慮とか謙遜ではなく、本気でまだまだと心から感じているのだろう。何せ母親があのエリさんだからな。

ともかく、村づくりの土台は完成したと言っていい。

あとは職人たちと打ち合わせた通りの場所へ家屋を建ててもらおう。ジュリスの話では、移住者が徐々にこちらへ向けて移動しているという話だったが……その数は未知数。一体どれくらいの数になるのかな。

職人やアキノが建築関係の仕事に取りかかっている間、俺たちは港町ハバートへつながるルート整備の仕事へ戻る。

こちらもかなり順調な進み具合だった。

今のペースで作業を進めていければ、一ヶ月後くらいには大体の形が見えてくるだろう。あとは足場を固めて歩きやすくしたり、道中に看板を設置したりなど、細かな作業をこなしていけば一般向けに開通できる。

「よぉし！　頑張るぞぉ！」

「お、おぉ～」

具体的なゴールが見えてきたことで、ソニルとリディアも気合が入る。そこへレメットも加わり、作業はいつも通りの賑やかなものとなった。

そんな中、俺にはひとつ気になることが――

アレダイン大橋での一件……俺たちを襲撃した者は全員捕まったものの、気がかりなのは彼らに協力していたという魔法使いの存在だ。

使い魔を通して指示を出したり、報酬の受け渡しを行っていたらしいが、肝心の雇い主の素性については誰も何も知らなかった。

騎士団はその魔法使いを追っているとのことだが……その狙いはなんなんだ？

まあ、魔法使いに条約改正なんて関係ないだろうから、彼女を雇っている存在がどこかにいるはずだ。その根源を絶たない限り、これからも似たような事件は続くだろう。

「そういえば……」

この前の事件について考えていたら、あることを思い出した。

明日は条約改正に関して、他国の外交大臣を招く晩餐会《ばんさんかい》があったはず。もしかしたらジュリスが呼び出された理由も、それに関して何か重大なトラブルが発生したからではないか。

「難しい顔をしていますね」

「っ！　レ、レメットか……」

いろいろと思考を巡らせていたら、レメットから声をかけられる。

「あなたの悪い癖ですね。なんでもひとりで抱え込んでしまうのは」

「う、うーん……昔からの癖かな？」

少なくとも、バーネット商会にいた頃はすべてを自分でやっていたから、その時の感覚が残っているのだろう。

「今はこんなにたくさん仲間がいるのですから、もっと頼ってください」

「……そうだな。夕食の時に話すよ」

なんだか、心が軽くなった気がするな。

レメットやみんなには本当に感謝しないと。


その日の夜。

ビアードさんたち職人を交《まじ》え、賑やかな夕食を終えると、俺はみんなを集めて気になっている魔法使いについて話をした。

「魔法使いですか……確かに気になりますね」

「優れた魔法使いの中には、悪事を働く者もいると聞きます」

レメットとアキノは多少なりとも魔法使いという存在について知識があった。リディアも名前くらいは知っているようだが、実際に会ったことはないという。ちなみに、ソニルは魔法絡みの知識がほとんどなかった。

この件に関してもっとも口数が多くなったのは、メイド長のアニエスさんだった。

「特に魔女と呼ばれている者の中には、国家を揺るがすレベルの実力者が多いと聞きます」

「魔女……」

俺も聞いたな、その話は。

もしかしたらジュリスが呼び出されたのも、その魔女にかかわる情報が入ったからかもしれない。

……まあ、そういう仕事は専門家たちにお任せするとしよう。

俺たちには村づくりという大切な役割もあるわけだし。

ただ、関連する情報だけは集めておくようにしよう。

◇　◇　◇

翌朝。

この日は午前の作業中に続々と来客が。

「久しぶりだね、ウィルム」

「大変だったな」

「私たちに手伝えることはないかしら」

訪ねてきてくれたのは、バーネット商会在籍時に仕事をしていた常連客のみなさんだった。

全員、アヴェルガ家のフリード様から現在の住まいを聞いて駆けつけてくれたのだ。

中には食料などの支援物資を持ってきてくれた人もいて、本当に大助かりだ。

常連さんたちは俺がここで村づくりをしていることをフリード様から聞いているらしく、今後の見通しについていろいろと尋ねてきた。

俺はその質問にひとつひとつ丁寧に答えていく。何を隠そう、集まってくれた常連さんたちこそが、この新しい村への移住を考えている村民候補だからだ。

厳密には、恐らく代理の者がここで暮らすことになるだろう。

だから、ここの現状を把握しておきたいというのが本音じゃないかな。

――で、その結果だが、

「ほぉ……」

「ふむ……」

「いいわね……」

業界は違うものの、百戦錬磨《ひゃくせんれんま》の猛者として知られる方々がこの村の未来に光明を見出している――そう受け取れる反応だった。

やはり、最大の売りである「港町ハバートと王都をつなぐ最短ルートの中継地点となり得る」という情報が効いたようだな。

周りの環境を説明し終えると、早速移住についての話が出た。

俺としては、みんな信頼できる人たちなので、その紹介なら心配はいらないと思っている。ここにはアヴェルガ家の令嬢であるレメットもいるわけだし、めちゃくちゃな人選をしてくることはないだろう。

中にはすでに滞在予定の人物が同行していたり、現段階で六人がこのまま村へ残ることとなった。


この日はそれ以外にも、村の生活に欠かせない設備などをクラフトスキルで作っていった。

家屋のように複雑で大きな物は職人の手を借りなければならないが、たとえばベンチだったり、発光石《はっこうせき》を埋め込むことで夜になっても明かりを放つ電灯だったり、必要な物はたくさんあるからな。

少しずつではあるが、着実に村としての姿が見えつつある。

訪ねてきてくれた常連客たちも、この村と港町ハバート、そして王都の位置関係については把握しているようで、村が完成したあかつきには出店を希望する人が続出した。

ビアードさんたち職人には彼らの家屋の他に店舗作りに専念してもらって、それ以外の部分では俺のクラフトスキルで仕上げていこう。

忙しさは増すが、同時に充実感もある。

やっぱり……俺にはこういう仕事の方が向いているのかもな。

◇◇◇

結局その日は、来客への対応とクラフトスキルで村づくりのサポートをしているだけで、あっという間に夕方を迎えた。

夕食はみんなと一緒に外で食べることにした。

理由はひとつ。

この場にいる全員で村の名前をつけようと思ったからだ。

ちなみに、夕食のメニューは森で採れた野菜を中心にしたシチューにパンとなっている。

「何か案はありますか？」

と、尋ねてみるも――返事はなし。

すると、おもむろにレメットが手をあげる。

「この村はウィルムさんの手で生み出されたようなものですから、やはり命名権はウィルムさんにあると思うのです」

「えっ？　俺？」

レメットの言葉に対し、集まったみんなは「うんうん」と頷いていた。

俺が村の名前を……ダメだ。まったくもって思い浮かばない。

「うーん……村の名前かぁ……悩むなぁ……」

「そのままウィルム村でどうでしょうか？」

「いや、それはさすがにストレートすぎるでしょ……」

アニエスさんの案は却下する。村の名前を言うたびに、自分の名前が連呼されるのはさすがになぁ……変な勘違いとかも起きそうだし、ここはもっと別の呼び方にしたい。

「この村のイメージがハッキリ浮かび上がりやすく、それでいて呼びやすい。それだけじゃなく、親しみを持って読んでもらえるような……」

「いろいろと考えすぎじゃないですか？」

そう言ったのはアキノだった。

「私の冒険者パーティーの【月光】は、結成したその時に空を見上げ、目に入った月の光をそのままパーティー名にしたそうです」

「なるほどねぇ……」

今も空を見上げたら美しい月がある。とはいえ、さすがに月光村と名づけるとエリさんのパーティー名の丸パクリになってしまうからなぁ。あくまでも参考程度にしておくか。

――しかし、その後はこれといって何も思い浮かばず、気づけばその場は宴会みたいなノリになり、楽しい夕食の時間にはなったのだが……やはり、俺としては村の名前をどうするかという点で引っかかりを覚えていた。


「ウィルム、大丈夫？」

「何やら悩んでいるようですが……」

無言のまま名前を考え続けていたら、ソニルとリディアに心配されてしまった。

「いや、やっぱり村の名前を考えないとなぁと思って」

「そうなの？」

「ウィルムさんの好きに名づければいいと思うのですけどぉ……」

「それはそれで、なかなか難しいものなんだ」

自由度が高い分、判断が難しいってことは割とあるからな。ましてや、これからみんなで暮らす村の名前――そう簡単には決められない。

ただ、せっかくみんなが俺に決定権を委《ゆだ》ねてくれたのだ。

その期待に応えるような名前を導き出したい。

「……んあ～、やっぱり悩むなぁ」

「私たちにできることがあったらなんでも言ってね！」

「協力しますぅ！」

「ありがとう……ソニル、リディア」

ふたりに激励されたおかげで、元気が出たよ。

とりあえず、これからの生活の中で名前を考えていくとするか。

みんなは最終判断を俺に委ねたわけだが……そうなると、「変な名前をつけるわけにいかない！」ってプレッシャーが出てくるんだよなぁ。

しかし、せっかくの機会だ。

ありとあらゆる知恵を振り絞って、いい名前を決めなくちゃな。

「ウィルムさん！　こっちへ来てください！」

「一緒に踊りましょう！」

そう決意した直後、レメットとアキノに腕を引っ張られる。

誰かが持ち込んだ楽器で演奏が行われており、それに合わせてビアードさんや弟子の職人たち、さらに宿泊を希望した常連客たちが楽しそうに踊っていた。中には酒を手に肩を組んで陽気に歌っている者たちもいる。

踊りや歌が得意というわけじゃないだろうけど、この場の雰囲気を全力で楽しむ気持ちが伝わってきた。

誰もが笑顔の明るい空気の中へ入り込むと、自然とこちらにも笑みが浮かぶ。

「さあ！　行きましょう！」

「そうだな。今日はトコトン楽しむとするか」

俺は軽くストレッチをしてから、みんなと一緒に踊りに加わる。

そこへソニルやリディア、さらにはアニエスさんをはじめとするメイドさんたちも参加して大騒ぎに。

こういう賑やかな夜が、これからも続くように頑張らないとな。

第十章　魔女の住む村

村づくりが始まってから、俺たちの一日の動きは固定されつつあった。

家屋の建設や道路整備などは人手が増えたことでグッと作業効率が上がり、さらに今日も一日を通して常連客のみなさんが派遣した人たちがこちらへ到着する予定となっていた。

いつもなら、レメットたちとハバートまでのルート開拓作業に参加するのだが、その新たに加わる人たちの対応をするため俺だけは村に残ることに。

当面はこのスケジュールで動いていくことになりそうだな。


「悪いな、みんな」

「これくらい平気ですよ、ウィルムさん」

「私たちに任せて！」

「いってきますぅ」

レメット、ソニル、リディアの三人を見送ると、俺は村の敷地内で作業するアキノやビアードさんたちと合流する。

「はあああああっ！」

勇ましい雄叫びは、伐採作業をしているアキノのもの。

相変わらず、まるでダンスでもしているかのような美しい薙刀さばきだ。新たに村民が増えるということで、村の規模自体もさらにアップしていく必要性が出てきたため、彼女たちには新たな作業をお願いすることにした。

「いやはや、本当に惚れ惚れする腕前だ」

ビアードさんをはじめとする職人たちは、次々と切り倒されていく木々を眺めながら感心していた。本来の伐採作業って苦労するからなぁ。アキノ曰く、ダンジョンではもっと硬度のある頑丈なモンスターと戦っていたから、これくらいはお手の物らしいけど。

アキノの頼もしさに安堵《あんど》していた、その時、

「うん？」

何やら声が聞こえた。

かなり遠くからの声だが……ダメだ。よく聞こえない。

「おーい、アキノ！　悪いけどちょっと作業中断だ！」

「はい？」

俺のストップがかかったことで、アキノは不思議そうに首を傾げる。

——だが、おかげで他のみんなにも声が聞こえるようになった。

「な、なんだ？」

「誰かの声が……」

「森の奥から聞こえてくるぞ！」

職人たちは突然聞こえてきた声に困惑している様子。俺も、なんだか不気味さがある声に嫌な予感がしていた。

しかしだからといって、このまま放置しておくわけにもいかない。

「調べる必要があるな……」

せっかく人手が増えてこれから盛り上がっていくって時に、水を差された気分になる。

ここはなんとしても、声の主をしっかり確認しておかなくては。

「私も同行します！」

「俺たちも行こう」

さすがに単独だと怖かったが、アキノやビアードさんたちも一緒に来てくれることになってひと安心。

非常事態ということもあり、来客についての対応を代理人としてアニエスさんに任せ、早速調査のために森の奥へと向かう。

念のため、ルディには上空から辺りを調べてもらうことにした。

◇　◇　◇

思えば、こちら側はまたほとんど手つかずだったな……村づくりとルート開拓に熱心になるあまり、周囲の環境をきちんと把握していなかった。ここは大いに反省すべき点だ。

――って、反省会はあとでもできる。

今は謎の声の主の捜索に専念しなくては。

「ウィルム殿、足元にお気をつけください」

「あ、あぁ」

アキノが注意してくれたように、この辺りはかなり足場が悪い。人間が侵入した形跡がない証《あかし》だ。

となると……やはり俺の聞き間違いだった？

でも、この場にいる全員が同じように声を聞いている。

「この辺りには誰もいませんね」

「なら、あっちを捜してみるか」

周辺の地理に不安があるため、散り散りになっての捜索は避けようと、あまり距離を取っていない。つまり捜索範囲がかなり狭いのも、声の主を捜すハードルを上げていた。――だが、ここで大きな動きが。

「っ⁉」

再び、あの謎の声が聞こえた。それも今回はかなり距離が近い。ハッキリと何をしゃべっているのかは把握できなかったが、間違いなく近づいている。

「この辺りだ！」

俺はそう叫んでみんなに知らせたが、すでに動きだしている者が多かった。

とはいえ、足場が悪く、少し奥へ進むと崖《がけ》になっていると分かったため、ここからの行動は慎重にしなければならない。互いに注意をしつつ、さらに奥へと進んでいったら、

「助けて！」

今度はハッキリと助けを求める声が聞こえた。声が聞こえただけなら急ぐ必要はないが、「助けて」と言われてはのんびりしていられない。

「ビアードさん！」

「おう！」

職人であるビアードさんたちが、荒れた足場と生い茂る草木の中をひたすら突き進む。

そして——ついに捜していた人物を発見した。

「いたぞ！　こっちだ！」

ビアードさんが大声で知らせてくれた――が、大急ぎで現場に駆けつけると、その声の主はとんでもない状況に置かれていた。

その人は二十代前半の女性で、どうやら崖から落ちたらしく、途中の細い木の枝にしがみついて今にも落ちてしまいそうだった。

「すぐに助けるぞ！」

「は、はいぃ……」

かなり弱々しい声……これは一刻を争う。

だが、女性を救い出すのはかなり困難と思われた。何せ、足場の悪い中で崖から落ちそうになっている――下手をすれば、一緒にこちらも落ちてしまう危険性があった。

「何かいい案は――そうだ！」

目の前に垂れ下がっていた蔓《つる》を手にすると、俺はすぐさまクラフトスキルを発動させて強固なロープを生み出す。

「これに飛び移ってください！」

女性にロープの存在を認識させると、俺はそれを放り投げる。

最初は怖がっていた女性も、このままでは助からないと察して木の枝から手を放し、ロープをしっかりと掴む。

「よし！　――って、うわっ⁉」

「ウィルム殿!?」

思っていた以上の負荷がかかり、俺まで崖下へと引っ張られる。それをアキノが抱きしめるように止めてくれたが、それでもなお勢いが止まらない。このままではふたり一緒に崖から落ちてしまう――と、その時、

「ふん！」

ビアードさんが飛んできて、ガッチリとその太い腕で俺たちを抱え込む。

「あまり無茶をするなよ、ウィルム。おまえに何かあったら、俺がアキノや村にいる連中に怒られちまう」

「す、すいません」

確かに、ちょっと無計画だったかもしれないが……彼女を助けるには、ああするしかなかったのも事実。

とにかく全員無事でよかったよ。


その後、他の職人たちの手伝いもあって無事に救出された俺たち。

あとは……女性から詳しい事情を聞くだけだ。

とりあえず怪我はないらしいので、詳しい話を聞くことに。

「あ、ありがとうございます……本当に助かりました。みなさんにはなんとお礼を言ったらよ

いか」

「気にしないでくださいよ」

ペコペコと頭を下げる女性。

名前はスレイといい、ここから離れた場所にある農村に暮らしているという。

そんな彼女が、なぜこの森にまで足を運んだのか――それは意外な理由だった。

「王都にある騎士団の詰め所に向かう途中でした」

「騎士団？　彼らに何か用事でも？」

「それは……救助を要請しようと思って」

控えめにそう語るスレイさん。

女性がたったひとりで騎士団に救助を求めに行く――その状況から、かなり深刻な事態に遭遇していることがうかがえた。普通なら村の代表者である村長が出張《でば》ってくるはずだし、彼女は正規ルートで王都へと向かおうとしていない。

あのような危険な道を通る……まるで、王都へ向かうことを誰にも悟られないようにしたみたいだ。

「一体、何があったんですか？」

「そ、それは……」

「こちらのウィルム殿は騎士団にも顔の利く工芸職人《クラフトマン》です。きっとあなたのお力になってくれますよ」

「ほ、本当ですか⁉」

アキノの言葉を受けたスレイさんは、前のめりになった。そんな彼女を落ち着かせつつ、確かにそのような事実があることを告げてから、より詳しい事情を聞いてみる。

「実は……私たちの住んでいる村の外れには、昔から魔女の親子が住んでいるんです」

「魔女の親子？」

い、意外なワードが出てきたな。

……って、待てよ。

魔女といえば、アレダイン大橋の襲撃事件でチンピラたちに指示を出していたのも、使い魔を持つ魔女だったな。

これは偶然だろうか。

それとも、スレイさんの住む村の外れにいるという魔女の親子が、あの事件を裏で操っていた真犯人？

だとしたら、黒幕までたどり着けるかもしれないぞ。

「その魔女の親子が、どうしたんですか？」

「先日、母親の方がしばらく旅に出ると言って、娘を村長の家に預けていったんですが……その隙を狙い、何者かが村長夫妻を襲って娘を誘拐したみたいなんです」

「ゆ、誘拐⁉」

一気に話の深刻さが増した。――同時に、俺の疑念が真実味を帯びてくる。

「じゃあ、騎士団にその子の捜索を依頼しようと？」

「はい。……ただ、その誘拐犯と思われる者たちが私たちの村を制圧し、現在、多くの村人が身動きの取れない状況になっているんです」

「えぇっ⁉」

これには同席したアキノやビアードさんも驚いた。

ひとつの村が制圧されてしまうなんて……確かに、これは騎士団が出てこないことには解決しそうにない大問題だ。

「分かりました。すぐに騎士団へ連絡を取り、対処してもらいましょう。俺がかけ合ってみます」

「あ、ありがとうございます！」

深々と頭を下げるスレイさん。

……しかし、時期が少々厄介だな。

何せ、今は他国の要人を招いて条約改正のための議会が開かれている。騎士団はその護衛で手いっぱいだろう。国の外れにある小さな農村を解放するためにどれほどの戦力を割いてくれるか……正直、見通しは立たなかった。

騎士団にも使者を送るが、それでは間に合わないかもしれない。

最悪の場合……村人たちは――

「早急に手を打つ必要がありそうだ」

「なら、戻って作戦を立てよう」

俺の肩にポンと手を乗せたのはビアードさんだった。

その提案に頷き、スレイさんを連れて一度村へ戻ることにした。

◇　◇　◇

村へ到着すると、みんなを新しくできた広場に集めた。

スレイさんの村に起きている事件を解決するため、俺たちの村からも戦力を送り込み、村人たちを救出するためにひと肌脱ぐことにしたとを告げる。

敵側も、騎士団の現状を考慮して仕掛けてきた可能性がある。アレダイン大橋の件もあることだし、ひょっとしてその事件に絡む魔法使いが……？

王都へ送った使者たちには、その辺りの事情も騎士団へ報告するように付け加えた。黒幕につながる可能性があると分かれば、重い腰を上げてくれるかもしれないからな。

同時に、俺たちも情報収集のために動く。

連中が阻止しようとしている条約改正――これは、メルキス王国が諸外国とクリーンな取引をしていくために欠かせないものとなるだろう。これまで前任の大臣と結託し、甘い汁をすすってきた連中にとっては死活問題。何がなんでも条約改正の阻止に動くはず。

「俺たちもやれることをしないと……」

ガウリー大臣は自分の命が狙われることもいとわず、条約改正に乗り出した。俺たちのような立場の人間――主に商売人たちは大臣を支持する者がほとんどだろう。レメットの実家であるアヴェルガ家も支持を表明している。

商人だけじゃなく、国内で有力な貴族として知られるアヴェルガ家も味方についているとなると、そう簡単に反対派の思うような結果へは傾かないだろう。

だから強硬策に打って出た？

ともかく、これは俺たちにとっても大事な問題なのだ。

こういったトラブルにかかわるのは避けるタイプだけど……今回ばかりは参戦させてもらうとするか。

「では、スレイさん……俺たちをあなたの村へ案内してください」

「わ、分かりました」

状況確認がメインとなるが、場合によっては戦闘になってしまうかもしれない。

それを考慮すると、同行してもらうメンバーの選出にも影響が出るな。とりあえず、戦闘要員になり得るアキノ、ソニル、リディアの三人は確定か。さらに上空から様子をうかがえるようルディにもついてきてもらう。

そして――

「…………」

さっきからこちらをチラチラと見てくるレメットだが……さすがに彼女を連れていくことは難しい。アレダイン大橋の時は予期せぬ事態だったから仕方がないけど、今回は最初から危険なことが予想できる。事前に防げるなら、危険な目に遭わせない方がいい。

これについてはメイド長のアニエスさんも同意してくれたようで、俺にアイコンタクトを送った後、何やらレメットと話し込んでいた。

それからしばらくして、レメット自身から今回は村で待機するという旨が伝えられる。

「ですが、私は特訓をして、いつかウィルムさんと一緒に戦えるように強くなります！」

「いや、俺も可能な限り戦闘は避ける方向だけど……」

たぶん、強くなってもレメットを連れていくことはできないな。ただ、それを本人に告げるのは気が引ける……まあ、このような事態は滅多に起きないだろうけど。

多少のゴタゴタはあったものの、メンバーはこれにて決定。

俺はタスト村へ向かう者たちへ、クラフトスキルで生み出した武器を渡していく。

わずかな鉄の欠片《かけら》があれば、剣だろうが盾だろうが鎧《よろい》だろうが、なんでも用意できるのだ。

「これだけでも心強いな」

「まったくだ」

しっかりした武器があれば、みんなの心持ちも違うからな。

「では、タスト村まで案内します」

「気をつけて行ってきてくださいね」

「あぁ。俺が留守の間、村のことは頼んだぞ」

「はい！」

アニエスさんに優しく肩を抱かれたレメットが力強く返事をする。

最初は同行できないと聞かされて不満気味だったが、冷静になって状況を分析した結果、自分がついていってもかえって足を引っ張ってしまうと判断し、最終的には納得してくれたようだ。

彼女には、戦闘以外の場面で力になってもらう。

本人もその重要性を把握しての断念だった。

「さあ、行こう」

敵の情報を探るため、俺たちは早速村を出て目的地へ向かった。

スレイさんの住むタスト村までは、それほど時間をかけずに到着できそうだった。

正面ルートから乗り込もうとすると、村を占拠している連中に発見される恐れがあるため、スレイさんが見つからずにここまでたどり着けた道を戻る形で接近する。

恐らく村を占拠しているのは、アレダイン大橋で俺たちを襲ってきた連中のように、黒幕から雇われた者たちだろう。

魔女の娘を誘拐し、脅す形で魔女の力を利用している――そんなところか。

だとしたら、これ以上被害が及ばないように早急に対応する必要がある。

肝心の騎士団は、条約改正の話し合いをするために集まったガウリー大臣や各国の要人を護衛するので手一杯、こちらにまで兵力を割く余裕はないだろう。

――もし、その魔女が話し合いの場である議会場を狙っているなら……事態はかなり厄介な方向へ進む。

こちらから使者は送ったものの、騎士団も最悪の事態を想定した万全の備えをしているはずだ。

あちらは専門家に任せて、やれるだけのことをしよう。

◇　◇　◇

険しい獣道を進んでいくと、やがて木々の数が減り、見通しがよくなってくる。

すると、遠くの方に家屋が見え始めた。

「あそこの小川の近くにある家からがタスト村の範囲です」

「ということは……その先に――」

「村を占拠した者たちは、村長の家を中心に周囲を警戒しています」

「なら、これ以上の接近は危険ですね」

アキノが示す通り、あの小川を越えた先は敵の領域となる。今は木々の陰に隠れているので見つかってはいないが……なんの対策もなしにこれ以上近づくのは避けた方がいいだろうな。

「どうしましょうか、ウィルム殿」

「このまま進んだらダメなの？」

「見つかる可能性が高くなるからダメですよぉ」

うちには規格外の戦闘力を持った三人がいる。しかし……人質を取られていると、その力を存分に発揮するのは難しい。せめて、もう少し距離を詰められたらいいのだが。

「……よし」

解決策を考えていると、ある案が思い浮かんだ。

「その顔は……名案を思いついたな？」

「はい」

ビアードさんたちを集め、俺は立案した作戦を話した。

名づけて――《仲良し兄妹作戦》！

内容はこうだ。

俺とソニルで兄弟役を演じ、相手の懐《ふところ》へ飛び込んでいく。向こうも、まさか十歳前後の少女がとんでもない力を持つ獣人族だとは分からないはず。ちなみに俺とソニルでは根本的に種族が違うため、そのままだと即見破られてしまう――だが、そこは逆に「訳ありの家庭事情」を演出するに申し分ないと判断した。

まあ、実際、世界には種族の違いを乗り越えて結婚したという例はたくさんある。ただ、場所によっては純血主義の種族もいるため、みんながみんな祝福されているわけではない。中には駆け落ち同然で遠く離れた町に逃げる夫婦もいるという。

今回の作戦ではその事情を利用したのだ。

「ソニル、俺たちは兄妹という設定だからな？」

「うん。分かったよ、ウィル――お兄ちゃん」

「っ！」

ソニルに「お兄ちゃん」と呼ばれるのは……不思議な感覚だ。俺には妹がいなかったから新鮮に感じるだけなのかもしれないが。

……いかん。平常心を保て。これから俺たちが足を踏み入れる場所は、周りが敵だらけの超危険地帯なんだから。

恐らく俺たちは門前払いを食らうか、逆に捕らえられるかの二択。門前払いだったら、可能な限りの情報を集める。捕えられたら、内部の様子をチェックしていく。頃合いを見計らって脱出し、改めて次の作戦を練り直す。

最大の焦点となるのは、誘拐されている魔女の娘の居場所。

これを突きとめることができたら、その時点で勝利確定だ。

俺とソニルは辺りを警戒しつつ、小川にかけられた橋を渡って村へと足を踏み入れた。すぐに誰かが襲いかかってくる事態には発展しなかったため、俺たちは周囲の様子を探りながらさらに進んでいく。

すると、

「そこで何をしている！」

背後から怒鳴り声が聞こえたので振り返ると、武装したふたり組の若い男が近づいてくるところだった。

「おまえら、タスト村の者じゃないな？」

眉根を寄せた険しい表情で尋ねる男。恐らく村を占拠している連中の仲間だろう。——いよいよ、ここから作戦へと移る。

「すいません。俺たちは両親に会うため、このタスト村へやってきたんです」

「両親だと？」

「はい。うちは貧しくて、子どもふたりを育てる余裕がなく……仕方なく王都の教会に身を寄せていたのです」

「ほう……」

もちろん全部嘘だ。

これで相手がどう出るか、だが……

「悪いなぁ、兄ちゃん。今は村に近づけねぇんだよ」

やはり、門前払いか。

それなら次の手を考えて――

「待て」

戻ろうとした俺とソニルを、もうひとりの男が小声で呼び止めた。

「少しここで待っていろ」

「えっ？　それってどういう……」

「俺もおまえらと同じなんだよ。施設で育ったから気持ちが分かるんだ。直接会わせてやることは難しいが、遠くから少し顔を見る程度でいいなら……」

「よ、よろしくお願いします」

これは意外な展開だ。

それに……ヤツらの中には、彼のように説得できそうな人がいる。

地味に大きな収穫だぞ。

近くにある小屋で待機するように言われたので待っていると――約十分後に彼は再び姿を見せた。

「待たせたな」

「い、いえ、でも本当にいいんですか？」

「あぁ……バレなきゃ問題ねぇ」

いかにも「悪い人」が口にしそうな言葉ではあるが……正直、今はその言葉に乗っかりたいというのが本音だ。

俺とソニルは案内役を買って出てくれた男――ケネスさんに導かれ、村の様子が一望できる小高い丘の上へとたどり着いた。

「ここからなら、村の様子がよく分かる」

「本当ですね……」

おかげで、向こうの数や配置が手に取るように分かる。

もっとも兵力を割いているのは村の中で一番大きな家――恐らく、あそこが村長の家だろう。それで問題の魔女の家だが……ここからでは確認できないか。

「魔女さんの家はどこ？」

突然、ソニルが無邪気な口調で尋ねる。

「魔女？」

「あっ、いや、その……ま、前に両親から手紙をもらって、魔女が近くに住んでいると書いてあったんですよ。この子、魔法使いが出てくる童話とか好きだから」

「そういうことか」

とりあえず納得したようだ。それにしても……今の発言はソニルの天然によるものか、狙ってやったのか――本人は俺の微妙な表情の変化の理由が分からずに首を傾げているので、たぶん天然かな。

「えっと……その魔女って、今も村にいるんですか？」

「さあな」

さすがにすんなりとは答えてくれないか。

……もうちょっと粘ってみようかな。

「い、妹が会いたがっていたので、村にいるのならどの辺かなって」

「もう村にはいねぇよ」

「そうなんですか？　どこにいるんですか？」

「俺も知らねぇよ。リーダーたちと一緒に遠くへ行くと言っていた」

「娘もいるって聞きましたけど……」

「魔女の娘？　……あぁ、あの子どもなら村長の屋敷にいるはずだ。出かけていく時に預かったんだよ」

思わぬ情報が飛び込んできて、たまらず変な声が出そうになる。

魔女の娘は村長の屋敷にいる。

かなり有力な情報を得ることができた。

あとは……こっそり用意してきたこいつの出番だ。

俺たちの住む屋敷近くで採集した草――これは調合次第で相手を眠らせることができる成分を有している。前の職場にいた頃、仕事で知り合った魔法薬の研究家から教えてもらった知識だ。

ケネスさんには悪いけど、これでしばらく眠っててもらおう。その間に、俺とソニルはみんなと合流し、このタスト村を攻略する作戦を練る――頭の中をそう整理した直後、

「おまえら……大丈夫なのか？」

ケネスさんが心配そうにこちらへ振り返る。

「な、何がです？」

「い、いや、その……親がいなくても大丈夫かって話だ」

「えっ？」

「兄貴は慣れているかもしれないが、妹の方はまだ母親が恋しい年だろ？」

そ、そういうことか。

……あれ？

ケネスさんって実は――いい人？

とてもこの大それた悪事に加担するような人じゃない気がする。

もしかして、彼もまた、特別な事情を抱えているのか？

――事情を説明すれば協力してくれるかもしれない？

安易に信頼して大丈夫かという懸念はあるものの、俺は彼が心の芯まで悪に染まっているようにはどうしても思えなかった。工芸職人《クラフトマン》と商人の二足の草鞋《わらじ》を履き、これまでたくさんのお客さんと商売をしてきた目から見ての判断だ。

「どうかしたのか？　急に黙ったりして……」

「いえ、その……ケネスさんに話しておきたいことがあって」

「俺に？」

意を決し、俺はここまでの経緯を彼に話した。一歩間違えば作戦を台無しにしかねないが――うまく説得できれば成功の可能性がグッと上昇する。

すべてを話し終えて、彼の反応を待っていると、

「そんな大それたことを……」

ケネスさんは震えていた。その口ぶりから、どうやら彼はこの占拠事件の裏に条約改正の妨害工作が隠されていると知らなかったようだ。

「今回の件、場合によっては……この国の未来を左右する大事件に発展しかねないんです」

「………」

みるみる青ざめていくケネスさん。

――今なら、俺たちの提案を聞いてくれるかもしれない。

「ケネスさん……俺たちは誘拐されている魔女の娘を捜しています。彼女の居場所について何か知りませんか？」

「すまない……俺は何も聞かされていないんだ。――ただ、それについてはひとつ気になる点がある」

「気になる点？」

明言こそしていないが、どうやらケネスさんは俺たちに協力してくれるようだ。

「この村の外れに魔女の家があるんだが……誰もいないはずのあの家の周りにも何人かたむろしている連中がいるんだ」

「無人であるはずの魔女の家に？」

それは確かに不自然だ。

だとしたら、魔女の娘が監禁されているのは――魔女の家？

「しかし俺は魔女の娘を直接見たわけじゃないから、断言はできないぞ？」

「でも、可能性は極めて高いと思います。……それを調べに行きましょう」

「調べる？　だ、だが……」

「任せてください。――行こう、ソニル」

「うん！」

ソニルを連れて、俺は魔女の家の様子を見に行くことにした。

「ケネスさん、案内をお願いします」

「わ、分かった」

すっかりこちらの味方になってくれたケネスさんに道案内を頼み、ヤツらにバレないよう木々に囲まれた森の中を進んでいく。敵の配置についてはケネスさんが把握していているため、特にトラブルもなく目的地の近くへたどり着けた。


「ここからなら家の様子が分かりやすく、それでいて連中に発見されにくい」

「本当ですね。いい場所だ」

村の中心から少し離れた場所にある泉のほとり。

そこが、魔女の家だという。

ケネスさんの言葉通り、誰もいないと思われるその家には、五人の武装した男たちが警備していた。ここに人質となっている魔女の娘がいる可能性は極めて高い。

「さて、ここからどうするかな」

ここがひとつ、大きな分岐点となりそうだ。

アキノやリディアたちを呼び寄せて強行突破という手も考えられる。だが、魔女の娘だけじゃなく、村人も囚われているはずなので、むやみに突っ込んで相手を刺激するのは避けたい。

追い詰められたら何をするか分かったものじゃないからな。

「さて……どう出るかな」

あまり派手に暴れるのは得策じゃなさそうだ。

そうなると、静かに近づいて敵を仕留めるべきか。

「ウィルム」

作戦を思案中、ソニルが声をかけてきた。

「どうした？」

「あそこにいる人たちを倒せばいいの？　だったら私がやるよ？」

「それで合ってはいるんだけど……そう簡単な話じゃないんだ。他にも村人が捕まっている以上、派手に暴れて他の連中にバレるのは避けたい」

「中には、人を殺すことになんの抵抗も抱かない凶悪なヤツもいる。もし本当に魔女の娘があそこにいるなら、異変を察知した瞬間に監禁している村人を人質に取る可能性も大いに考えられるぞ」

俺とケネスさんの言葉を耳にしたソニルの顔が曇《くも》る。

……それだけは、何がなんでも避けなければならない。

敵の中には、ケネスさんのように訳あって協力している者もいれば、純粋な悪党だったり、報酬を得るためならば手段を選ばない外道《げどう》もいるはず。

ヤツらからすれば、魔女の娘は作戦を成功させるための最重要ピース。しくじってそれを手放したら、裏にいる黒幕から何をされるか――それを考慮したら、それこそあらゆる手段を用いて俺たちを止めに来るだろう。

決着はスピーディーかつ静かに行わなければならない。

――それを実行できそうなのは、この場ではソニルしかいないだろう。外見から相手を油断させられるうえに、戦闘力はピカイチ。まさに絶好の人材といえる。

本人もそれを分かっているから名乗り出たのだろう。

この子は時々妙に鋭いところがあるからなぁ。

野生の勘というべきか……まあ滅多に発動することはないんだけど、今はその主張を尊重するべきだろう。

「ソニル……やってくれるか？」

「っ！　き、危険だぞ」

「大丈夫です。ソニルならきっとやってくれる――だろ？」

「任せて！」

ソニルは胸をトンと叩いて「フン」と鼻を鳴らす。

やはり、ここは彼女が適役だろうな。

「よし。そうと決まったら詳しく作戦を立てるぞ」

とはいえ、時間をかけてはいられない。何せ、ヤツらの真の目的はガウリー大臣が推し進める条約改正を阻止すること。それに向けた会議が始まるまで、あと少ししか猶予《ゆうよ》は残されていなかった。

ここはソニルに期待するとしよう。

誰がどう見ても、彼女の容姿は十歳前後の少女――だが、うちに秘めた戦闘力は人間の理解を遥かに超越したものだ。他のメンバーでは登場と同時に警戒されるだろうが、ソニルなら大丈夫。そして、相手が見せた一瞬の隙をついて戦闘不能にまで追いこめる。まさにうってつけの人材だった。

◇　◇　◇

作戦を頭に入れたソニルは、ゆっくりと魔女の家に近づいていった。

すると、すぐに武装した男たちに見つかる。

「誰だ！　そこで何をしている！」

「……って、おい。ガキじゃねぇか。驚かせやがって」

「獣人族のようだが、村人の残りか？　今までどっかに隠れていたってわけか」

遠くから見守っている俺たちは、予想通りの展開にホッとする――って、まだそんな余裕はないんだった。

俺たちが見守る中、ソニルは男たちへ近づいていく。

心なしか表情は怯えているようだが……あれは演技だな。ソニルがあの程度の輩に対して恐怖心を抱くことはない。もっと強い相手——同じ翡翠島に住む獣人族の猛者たちと日頃から接していたわけだからな。

「どうする?」

「あいつも捕まえて村長の家に押し込んでおくしかないだろ」

「だな。けど、気をつけろよ。相手は獣人族だ」

「へっ! そうは言ってもまだガキじゃねぇかよ。ビビることたぁねぇって」

男たちはソニルを捕えるために近づいていく。その際、一瞬だけソニルの視線が動いた。魔女の家の内部の様子を窓から確認したのだろう。彼女の視力や聴覚をもってすれば、あの距離からでも中の様子がうかがえる。

もし、室内にも男たちがいるようなら引き返すように伝えておいたが、今のところその動きは見られない。

ということは……あの家の中にいるのは人質になっている魔女の娘だけ。

「おら、こっちへ来い」

「親に会わせてやるよ」

ニヤニヤと笑いながら迫っていく男たち。

——が、次の瞬間、

「っ!」

ソニルの表情が急変。年相応の女の子の顔から戦う者の顔になる。向こうも常に戦いの場で暮らしてきたような男たち。ソニルの変化に気づいて身構えたが――その時点でもう遅い。

「ぐっ⁉」

「ごっ⁉」

「がっ⁉」

「ぶっ⁉」

圧倒的なスピードで男たちを翻弄《ほんろう》し、たった一撃でその意識を落とす。あのスピードは父親であるザクセンさんを彷彿とさせる。あれも遺伝かな。

「す、凄ぇ……」

ポカンと口を開けたまま茫然としているケネスさん。

無理もない。

口で説明していたとはいえ、実際に目の当たりにするとインパクトがあるからなぁ。

ともかく、これで増援を恐れずに魔女の家に入ることができる。

俺とケネスさんは笑顔でグッと親指を立てるソニルと合流し、いよいよ魔女の家の中に足を踏み入れた。

「だ、誰⁉」

両手を縛られて放置されている女の子を発見する。見たところ、年齢は十歳くらいかな。

「大丈夫だ。俺たちは君を助けるために来たんだ」

「わ、私を……？」

「ああ、すぐに手を――」

「待ってください！　それならすぐにママへ連絡を！」

「マ、ママ？」

それってやっぱり……この家の主の魔女か。

だが彼女の取り乱し方を見ていると、尋常じゃない事態が起きようとしているように思えるが――となると、やはり条約改正のために動いているガウリー大臣を狙っているヤツらに動かされているのか？

事態は急を要する。

まずは待機しているビアードさんたちに報告し、大至急王都へ使者を送らないと。

それから、この村の人たちを助け出さないと。

◇　◇　◇

俺たちは魔女の娘であるミミューと名乗った少女を保護した後、今回の事件の全容を知らせるた

めに王都へ使いを送った。

それから村人を救出するため、アキノやリディア、さらにはビアードさんたちも引き連れて総力戦を仕掛けようと考えた――が、ここでミミューから思わぬ言葉が出た。

「私も連れていってください」

最初は怯えていたミミューだが、落ち着きを取り戻してからは眼差しに強みが増していた。

「し、しかし、君は……」

「私の魔法は必ずみなさんのお役に立つはずです」

「魔法……」

彼女の言う通り、この場で魔法が使える者が他にいない以上、もしもの場面ではとても頼れる存在になり得る――と思ったが、急に彼女の顔が青ざめた。

「大丈夫か？　体調が悪いのか？」

「そ、そうではなくて……私の杖が……」

「杖？　杖がどうかしたのか？」

「じ、実は……」

ミミューは半泣き状態のまま家に戻り、何かを手にして帰ってきた。

それは真っ二つにへし折れた魔法の杖だった。

「ママが作ってくれた杖……あの人たちに折られたんです……」

「っ！　ひどいことをする……」

ミミューからすれば、母親との大切な思い出の魔法の杖。

それをこんな風にしてしまうなんて……憤《いきどお》りを感じるとともに、なんとかしてやりたいという気持ちが芽生えた。

——俺なら、なんとかできる。

「それ、貸してくれないか？」

「えっ？　ど、どうぞ……」

俯《うつむ》いていたミミューに声をかけて、折れた杖を手にする。

普通の杖ならばすぐに元通りにできるが、魔法の杖となったら話は別。母親の手作りらしいから、恐らく娘の魔力の性質に合わせているだろう。そうなると、ただ形だけを戻せばいいという単純な話ではなくなる。

けど、俺のクラフトスキルはそれを完璧に再現することが可能なのだ。

不安げな表情を浮かべるミミューに「心配はいらない」と声をかけてから、クラフトスキルを発動させる。途端に、俺の手の中にある折れた杖が青白い光に包まれた。

今回は大きさこそ小さいが、物が物だけに一瞬で元通りとはいかない。それでも五分と経たないうちに光は弱まり、やがて以前の姿を取り戻した魔法の杖が現れる。

「えっ!?　ど、どうして!?」

まさか直ると思っていなかったミミューは驚きに目を丸めながら、「どうして!?」と何度も驚きの声をあげた。

「こういうのが得意技でね。以前と変わらず魔法も使えるはずだ」

「あ、ありがとうございます!」

腰が直角に折れるくらい深々と頭を下げるミミュー。その目から大粒の涙がこぼれていた。

――だが、これが終わりじゃない。

むしろ始まりに向けて準備が整った段階だ。

新たにミミューを村人救出部隊のメンバーに加えると、ケネスさんから敵陣営の配置について教えてもらい、作戦を練った。

村人は全員村長の家に集められているようなので、まずはそこに奇襲をかけて助け出し、残った男たちはすべて捕らえるという流れに決定。先行部隊として、俺とリディアとミミューが村長の家に接近することとなった。

「リディア、君も頼りにしているぞ」

「ま、任せてください」

大人しいリディアは、ちょっと緊張しているようだった。

こういった事態に慣れていないだろうけど、きっと彼女ならうまくやってくれる。

さまざまな武器を使いこなすリディアが今回選んだのは短剣――いや、あれはもうナイフに近いかな。それを両手に持ち、二刀流の構えで挑むつもりらしい。

俺も一応剣を持ってきてはいるが、あくまでもこれは護身用だからなぁ。こういった事態を想定して戦える力も、早めに入手しておく必要がありそうだ。


ミミューの案内で村長の家の裏手に回った俺たちだが、そこで足止めを食らうことになった。

なぜなら数が少ないとはいえ、こちら側にも見張り役の男たちがいたのだ。

彼らを制圧すること自体は容易なのだ。

しかし、仲間を呼ばれるのが一番厄介。

村人を人質に取られてしまえば万事休す、となる。

なので、慎重に対応しなければならない。

「どうする？」

「お任せください」

ここで手をあげたのはミミューだった。

「何をするんだ？」

「彼を拘束魔法で縛り上げます。この魔法は一時的に対象の口をふさぐこともできるので、他の誰にも気づかれません」

「いい魔法だ」

まさに今の状況にうってつけと言える。早速その魔法を使用するため、見張り役の男たちを引きつけようと木陰から石を投げ込んだ。

「うん？　なんだ？」

「あっちの方で音がしたぞ」

「行ってみよう」

見張り役を務めている三人の屈強な男たちが、少しずつ俺たちの隠れている場所に近づいてくる。十メートルほど手前まで来た時、ミミューが魔法を発動させ、あっという間に男たちから自由と声を奪った。

「凄い……」

俺とリディアは思わず小声でそう呟くと小さく拍手をする。

この子は思っていた以上に重要な戦力として活躍してくれそうだ。

ミミューの活躍により、労せずして村長の家の敷地内へ侵入できた。あとはどうやって中に集められている村人を外へ出すか。

村長の家は二階建て。

村の規模を考慮すると、恐らく村人は一階と二階に分けられているはず。仮に救出するために動いている者がいたとしても、そう簡単にはできないような構図になっている。

普通ならば苦慮《くりょ》するところだが……こちらにはこういう状況を打破できる頼もしい存在がいる

のだ。

魔女の娘ミミュー。

彼女の魔法使いとしての実力は、俺たちの想像の範疇《はんちゅう》を遥かに凌駕《りょうが》していた。

困難を極めると覚悟していた村人の救出も、ミミューの高度な魔法技術によりあっさりと成し遂げることができた。

方法は基本的に最初と同じ。

一瞬の隙をついて拘束魔法を使う――以上。

これができるなら、最初から言ってくれたらよかったのにと彼女に告げると、

「最初は緊張していたから、できるかどうか分からなくて……でも、みんなが閉じ込められている現実を目の当たりにすると、どうにかしなくちゃいけないと思って」

ミミューは土壇場《どたんば》で殻《から》を破った。

恐らく、本来の実力をしっかりと発揮していたら、男たちに捕らえられることはなかったのだ。

すべては魔法使いとしての自信を持っていなかったから――しかし今回の件を通して、彼女はそれを見事に打ち破り、村人の救出に成功したのだった。

村人を解放し終えると、俺はクラフトスキルを駆使して牢を作り上げた。

現段階では、住居のように複雑な構造をした建築物を生み出すことはできないが、これくらい簡

素な造りの物ならすぐにできる。

　というわけで、男たちの持っていた剣を素材にして、牢屋と南京錠を作り出す。武器の数だけ牢の数は増やせるため、人数分はバッチリ確保できそうだな。

「こんな物まで作り出せるとは……」

「凄いんだな、クラフトスキルって」

「攻撃特化のスキルじゃないから軽視していたが……見直したぜ」

　アキノたちは見慣れている俺のクラフトスキルだが、この村の人たちは初見だから驚くのも無理はない。

　――だが、まだすべてが解決したわけではない。

　魔女の娘であるミミューや村人は助け出せた――しかし、まだその事実を魔女本人は知らないのだ。

　すぐにでも使いを送って魔女を捜索しようとしたが、

「私に任せてください」

　話を聞いていたミミューはドンと胸を叩く。

　本当に、ひと皮むけたって感じだな。

　ちなみに、母親である魔女との連絡手段は使い魔を用いて行われた。詳細な情報を伝えなくても、娘の使い魔が目の前に現れたらそれだけですぐに事態を把握できるという。

ついでに懇意にしているという王国魔法兵団にも使い魔を送り、ただちに捕えた男たちを回収してもらうように依頼した。

その手際のよさに、俺たちは感心しきりであった。

あれが正しい魔法の使い方かぁ……そういえば、魔法に詳しい師匠がいてくれたら助かるって思ってたんだけど――

「見つけたかも」

誰にも聞こえないくらいの小声で、俺はそう呟くのだった。

まあ、それについてはこの件が片付いてからゆっくりと段取りをするとして……タスト村を占領していた悪党を捕えた俺たちは、続いて実際に魔女のもとへ向かうことになった。

◇◇◇

ミミューの母親である魔女の現在地は、彼女の使い魔のおかげで判明した。

その場所は――条約改正を阻むため、ガウリー大臣たちを狙っている本命の集団の現在地に等しい。なので王国騎士団や魔法兵団にその場所を教えつつ、俺たちも現場へ向かおうという判断にいたった。

うちにはアキノ、リディア、ソニルという三大戦力に加え、今はミミューがいる。彼女の魔法を扱う技術は、すでに一般的な魔法使いの実力を遥かに凌駕していた。

何より、ミミュー自身が母親を救いたいという強い気持ちを燃やしている。

俺はこの気持ちを買って、ともに悪党連中のもとへ乗り込もうと考えたのだ。

さて、そうなってくると問題は移動手段。ここから魔女のいる場所はかなり遠く、馬車で行こうと思ったら間違いなく三日はかかってしまう。

だが、この問題も呆気なく解決した。

なぜなら、俺たちにはルディがいるからな。

上空で辺りの様子を探っていたルディを呼び戻し、巨大化してもらう。

ルディに乗って移動するのは俺、アキノ、リディア、ソニルの四人。ミミューは普段愛用しているという魔法の箒に乗ってついてくるという。ビアードさんやケネスさんたちは、念のためタスト村に残って、捕まえている男たちを見張ってもらうことにした。

「さあ、行くぞ！」

俺たちはルディとともに大空高く舞い上がる。

目指す場所は南西の方角。

そこにある古城が、連中の根城だ。

空を移動することで、所要時間は劇的に縮められた。

村を出てからたどり着くまではおよそ二十分。

ヤツらがいる古城の周りには森があるため、そこに身を隠しながら接近を試みる。

しかし……妙だな。

「周りには特に魔法を使った形跡がありませんね」

アキノの言う通り、魔女がいるなら敵の接近を知らせるための魔法を仕掛けてさせているはず。

それがないというのが不自然極まりない。

だが、ここでまたしてもミミューから気になる発言が――

「一度仕掛けられた魔法が解除されているみたいです」

「えっ？　ど、どういうことだ？」

「たぶん、あの子たちが真実を教えたからじゃないでしょうか」

そう語るミミューの視線の先には、古城で羽を休めている二羽の小鳥がいた。

どうやら、あれも彼女の使い魔らしい。

「じゃあ、魔法が解除されたっていうのは……」

「ママからの合図だと思います」

やっぱり、そういうことか。

ただ、ここでひとつの疑問がよぎった。

「魔女は……なぜ自分で周りの悪党たちを倒さないんだ？」

魔法使いとして素晴らしい実力を持っているミミュー。彼女の話では、母親である魔女はさらに強いらしく、この程度の相手ならば問題なく蹴散らせるはずだが……どうにもキナ臭い。

ひょっとして、俺たちを誘いだそうとしている罠なのか？

「どうしますか？」

不安げに尋ねてくるリディア。

正直、さっきまではこのままの勢いで乗り込んでいこうと息巻いていたが……敵の動きが見えなくなって、ちょっと不安になってきた。

慎重に判断しなければと思っていたら、

「おまえら！　そろそろ時間だ！」

突然、古城の城門付近に男が現れてそう叫んだ。

すると、次から次へと武装した男たちが城から出てくる。

「あれが……敵でしょうか？」

「恐らくは、な」

あの人相からして、味方ではなさそうかな。

いかにも悪党って感じの面構えだ。

しかし最初に出てきた男が言っていたように、ヤツらはこれからどこかへ向かうようだが――恐らく、それはガウリー大臣のもとだろう。それを阻止するため、すぐに出て行こうとしたのだが、

「うん？　あれは……」

最後に出てきたのは紫色の長い髪をした女性――次の瞬間、

「ママ！」

ミミューが叫びながら茂みから飛び出す。

これには俺たちはもちろん、敵も驚いたようだ。

「な、なんだ、てめぇは！」

「あん？　ただのガキじゃねぇか」

「なんでこんなところにガキがいるんだ？」

突然姿を見せた女の子へ詰め寄っていく男たち。一方、ミミューはそんな彼らを前にしても臆した様子はなく、ジッと母親を見つめている。

今まで とはまるで違う娘の態度を見た魔女は、

「ミミュー……」

思わずその名前を呟く。

……こうなれば、俺たちも出るしかないな。

「行くぞ、みんな！」

俺が先頭に立って前に出ると、アキノたちもそれに続いて茂みから飛び出した。

「ま、まだいやがったか」

「だが、男以外はまだガキじゃねぇか？」

「へへへ、こいつはいい。大仕事の前の景気づけになるぜ」

完全に俺たちを舐めている。

そんな男たちの前に立つと、俺はその狙いについて尋ねた。

「あんたたちはどこへ何をしに行こうとしてるんだ？」

「てめぇには関係ねぇだろうが。……まあ、結果を知れば、この国を揺るがすような大事件になるだろうがな」

それってやっぱり……ガウリー大臣絡みか？

ともかく、ここで止めておかなくてはいけない。

その時、俺はふと魔女の手元に目を止めた。

両手をつないでいるあの腕輪には見覚えがあった。

もしかして――

「制約の腕輪か……」

扱った経験のないアイテムだが、その悪評はよく耳に入っていた。なんでも犯罪に使用されるケースが増えたため、製造中止が言い渡されたという。

となると、連中が隠し持っていたか、作り方を知っている何者かがヤツらに売ったか――まあ、入手方法なんてこの際どうでもいい。問題はあの腕輪を魔女が身につけている点にある。あれで魔力の仕様が制限されていたから、彼女は反撃をしたくてもできなかったのだ。

「やっちまえ！」

考え込んでいる合間に、男たちが一斉に襲いかかってきた。

「はあっ！」

「「「「ぐおおっ⁉」」」」

すぐさまアキノが薙刀を振るい、襲いかかってくる男たちを吹き飛ばす。

リディア、ソニル、ミミューもそれに続き、向こうの戦力は一気に半分まで落ち込んだ。

「ど、どうなっていやがる⁉」

「ヤツら、只者じゃねぇ！」

「まさか、王家が送り込んできた刺客か⁉」

「こちらの計画はすべて読まれていたってことかよ⁉」

思いもよらぬ事態に動揺する男たち。彼らがアキノたちの戦いぶりに圧倒されている中、俺はこっそりと背後から魔女へと接近。

「っ！　あ、あなたは……」

「大丈夫です。任せてください」

小声でそう呟くと、俺はポケットから木片と魔鉱石を取り出す。

――この魔鉱石は特注品だ。

いざという時を想定し、バーネット商会の倉庫からくすねてきていたわけだが……よもやこのような場面で使うことになるとはな。

……そういえば、あの制約の腕輪もバーネット商会の倉庫にあったたな。

もしかして、こいつはバーネット商会の品か？

「すぐに解放します」

俺はクラフトスキルを駆使して、魔鉱石を刃の部分に、木片を柄の部分にして短剣を作り出す。

この腕輪を破壊するために用意した、即席の武器だ。

「じっとしていてください」

短剣を手にし、狙いを定めて腕輪へと振り下ろす。

力はそれほどいらない。

重要なのは剣先をしっかり腕輪に当てることだ。

この魔鉱石の能力――「魔力食い」の効果で、腕輪はあっという間に破壊できた。

「なっ⁉」

「これで十分戦えますよ」

「……感謝するわ」

ニッと笑った魔女は、早速これまでのお礼と言わんばかりに魔力を高め始める。

その異変に、周囲の男たちも気づいたようだ。

「よくも好き勝手やってくれたわね」

「なんだと!?　どうやって腕輪を!?」

ついに力が解き放たれた魔女。人質に取られていた娘のミミューや村人も解放され、もう魔女の行動を縛る物は何もないのだ。

つまり……本気で敵と対峙できるってことだ。

とはいえ、すでに勢力の半分くらいはうちのメンバー（アキノ、リディア、ソニル）が戦闘不能状態まで追い込んでいる。それでも、これまで好き勝手にやってくれた相手に自分の手で一撃を叩き込まなければ、魔女の気が収まらないだろう。

「お嬢ちゃんたち！　悪いけど──残りは私がいただくよ！」

高らかに宣言すると、魔女の強大な魔力が一気に放出される。

……凄い。

あまりにもスケールが違いすぎて、そんな感想しか出てこなかった。

魔女は自らの魔力を雷に変え、さらにそれは徐々に竜の姿へと変化していく。

雷の竜。

魔法素人の俺でも、あれを食らったらひとたまりもないことはすぐに理解できた。

「食らいな！」

魔女は雷の竜で男たちを一掃。一瞬にして全員が戦闘続行不可能な大ダメージを受けている──

が、ピクピクと震えているところを見る限り、殺してはいないようだ。

「今日はこれくらいで勘弁してやろうかね」

余裕の表情を浮かべた魔女は、最後にもう一度魔法を使う。

何をするのかと見つめていたら、男たちの足元から何かがせり上がってきた。それは真っ黒な檻《おり》で、その中に全員収まっている。

魔力で生み出した牢屋ってわけか……あれでは、そう簡単に脱出はできないだろうな。

「はあ～、スッキリした！」

すべてが終わると、魔女は晴れやかな表情を浮かべながら笑った。

直後、ようやく王国騎士団や魔法兵団が到着。

すでに決着がついていることに誰もが驚いていたが、魔女が自由の身となり、戦闘に参加したことを知ると「それならよかった」といった感じで安堵していた。

どうやら、彼女の実力は国そのものが認めるところらしい。

若いミミューが相当なレベルの魔法使いであるという事実からして、母親の魔女はとんでもない実力者って分かってはいたが……まさかこれほどとは思わなかった。

ともかく、これにて悪党たちは壊滅。

条約改正に向けたガウリー大臣たちの協議は、滞りなく進められるだろう。

古城で騎士団から事情を聞かれた俺たちだが、それは大体三十分くらいで終了。

その頃にはすでに真夜中になっていて、周りは真っ暗だった。

「今日は近くの町にある宿で夜を過ごすといい。手配しておこう」

駆けつけた部隊の責任者である騎士が配慮してくれたおかげで、とりあえず寝る場所は確保できたようだ。

また今から村へ使いを送り、事件が解決したことも知らせてくれるという。

これで俺たちは何も心配する必要もなく、ゆっくりと休めるってわけだ。

一方、すぐ近くでは親子の感動の再会が繰り広げられていた。

「よくやったね、ミミュー」

「うぅん。私だけの力じゃないよ。みんながいてくれたから、ここまで来られたの」

ミミューから事情を聞いた魔女は、明日村へ戻り、そこで改めて話を聞きたいと俺たちに提案してくれた。

こちらとしても、ビアードさんたちを迎えに行かなくちゃいけないし、村へ戻るつもりだったから快諾。

次の予定も決まったことだし……今日はとにかくゆっくり休みたいなぁと心から思う俺だった。

ちなみに、騎士団や魔法兵団の人たちには「無茶をするな」と怒られたものの、それ以上に「よくやってくれた！」と感謝され、さらに「いずれは国王から勲章が授与されるでしょう」と言われた。

それから、俺たちは近くの町にある宿まで案内される。

騎士団の方から事情を説明して泊めてもらえることになっていたが、店主は宿泊費を無料にしてさらに最高の部屋へ招待するという。俺は悪いですよと断ろうとしたが、「あんたたちがいなかったら、今頃ガウリー大臣がどうなっていたか分からないからな！」と言って押し通された。

やはりガウリー大臣の人気は絶大だと改めて思い知らされたよ。

これもすべては大臣が、「国民のため」というシンプルかつ超重要な政治理念を持っているからだろう。

こうして俺たちは、思いがけず、最高の部屋で一夜を過ごすことになったのだった。

◇　◇　◇

激動の一日が終わり、迎えた翌朝。

朝食のために宿に併設する食堂へ向かうと、すでに昨日のメンバーが勢ぞろいしていた。

「おはよう。目覚めはどうだい？」

「好調ですよ」

最初に声をかけてきてくれたのは魔女のマージェリーさんだった。それからミミュー、アキノ、リディア、ソニルから朝の挨拶をされ、俺もそれに応える。

朝食の途中でマージェリーさんからある提案をされた。

「昨夜、彼女たちから聞いたんだけど、ウィルム村長は魔法使いを探しているらしいね」

「は、はい。魔法の杖を手に入れたので、専門の方に教えてもらいたいと常々思っていました」

「だったら、その師匠役にミミューはどうだい？」

「えっ？」

それはむしろこちらからお願いしようとしていた内容だった。

マージェリーさんとしては、あのような目に遭ったため、娘を遠くへやるのは抵抗があるんじゃないかと思っていたが、

「今回の事件を通して、ミミューはひと皮むけたみたいだし、これをいい機会にもっと広い世界を見てもらおうと思ってね」

な、なるほど……そういう考え方もできるのか。

これもまた母の強さというべきか。

一方、ミミューはミミューで乗り気だった。

すっかりアキノたちと打ち解けたみたいだし、彼女たちからしても、妹的ポジションに収まるミミューの存在は今やかけがえのないものとなったようだ。それに……実を言うと、俺も彼女にお願いしたいなと思っていたのだ。

——要するに、俺の答えとしては、

「ぜひとも来てもらいたいです」

ミミューの移住は大歓迎だ。

俺が了承すると、ミミューは嬉しそうにソニルとハイタッチを交わしている。

これでさらに賑やかとなった朝食の席。


食事を楽しんだ後は、ルディに乗って村に帰ることになった。

今回の事件は解決したかに見えたが……実際は、まだまだこれからだろう。

条例改正反対派の中でも、過激派と呼ばれる者たちの正体が一体なんなのか——王国側からの正式な発表を待つとしよう。

朝食を終えた俺たちは宿を出て、敵のアジトだった古城を調査している騎士団や魔法兵団の方々に別れの挨拶を済ませると村へ戻る準備を進めた。実際は数日しか経っていないのに、もう何日も村に帰っていない感覚だ……そういえば、今回は危険だからと留守番を任せたレメットは元気にしているかな？

そんなことを考えながら、帰路に着く。

今回は新たにミミューが仲間に加わった——が、そういえば、前に王都でリディアと再会して一緒に村へ連れて行った際、レメットはご機嫌斜めになったな。

ま、まあ、ミミューはまだ幼いし、俺の魔法の師匠になってくれるから、レメットも前よりは……そうであってもらいたいよ。

「今回の事件が解決したおかげで、ガウリー大臣の目指している条約改正もスムーズに進みそうですね」

「あぁ。これであくどい商売をしている者たちは一気に肩身が狭くなるだろうな」

国政に関心のあるアキノは、今回の事件が解決したその先にある未来を見据えていた。冒険者にとっても、この手の話題はマークしておきたいところだろう。実際、彼女の母親でパーティーのリーダーを務めているエリさんも詳しかったし。

……けど、今のアキノの言葉で思い出した。

ガウリー大臣が諸外国と積極的に貿易を始めると、国内の商会には大きな打撃になるだろう。長きにわたり、外交大臣と商会はズブズブの関係だった。商会は大臣に大金を渡すことで貿易を制限し、やりたい放題だったからな。

王家としてはその現状をなんとか打破したいと、正義感の塊とも言えるようなガウリー大臣を外交のトップに就任させ、その手腕に期待したのだ。

そして、今回の条約改正――いよいよ、この国も健全な方向へ歩み始めたわけだ。

けど……そうなると、バーネット商会にとっても大打撃になるな。

ドノル王国を拠点としているが、彼らにとって一番のお得意様はこのメルキス王国だ。今回の件で、商会も動きをだいぶ制限される……ただでさえ業績が悪化しているというのに、命綱とも言えるメルキス王国とのやりとりが限られるとなると、いよいよ本格的にヤバいかもしれない。

「これを機に、暴走でもしなきゃいいけど……」

あの代表と息子が、このまま黙っているとは思えないんだよなぁ。

そもそも今回のガウリー大臣襲撃未遂事件にも、バーネット商会が一枚噛んでいるのかも。

もしそうなら……ここから先はさらに厄介な手を打ってくる可能性も出てくる。

条例改正が通れば、ひっくり返すには困難を極める。それこそ、大臣を暗殺したところで相手国のことを考慮したら要求を通すのは難しいだろうな。

当然、ガウリー大臣はそのことも重々承知しているはず。

今後どのような展開になるか……俺たちも注視していかないと。

◇　◇　◇

村へ戻ってくると、みんなが出迎えてくれた。

真っ先にやってきたのはやっぱりレメットだった。

「おかえりなさい、ウィルムさん」

パタパタと駆け寄ってくるレメットは満面の笑み——が、それはすぐに消え去た。

「あの……また女の子が増えているんですけど？」

「そ、それは……」

やはりダメだったか。

ミミューくらいの年齢ならば、なんとか誤魔化せると思ったが、そういうわけにはいかないらしい。レメットの放つ威圧感に、新入りのミミューはすっかり怯えてしまい、アキノにしがみついて身を隠している。

……まずはどこから説明すればいいのやら。

とりあえず順を追って経緯を語っていく。それがベストだろうな。

若いミミューが大変な経験をしてきたことを知ったレメットは、態度が急変させた。

「ミミューさんも大変でしたね」

「い、いえ、そんな……」

悪党たちを倒して自信を持ったはずのミミューであったが、さすがにレメットの圧には屈したようで、誤解の解けた今もどこか怯えた様子が残っている。……村で監禁されていた時よりも怖がってないか？

まあ、それはともかく、ガウリー大臣たちの安全も確保できたので万事うまくいったことを告げると、レメットは安堵のため息を漏らした。

「ガウリー大臣のような聡明な方に何かあっては、メルキス王国の大きな損失になりますからね。

無事で何よりです」

それについては俺も同意する。

常に国民第一の姿勢を取っているガウリー大臣がいなくなれば、商会とズブズブだった過去に逆戻り。そうなっては、メルキス王国のさらなる繁栄はあり得ないだろう。

同時に、レメットは俺と同じくある点を危惧していた。

「しかし、今回の条約改正は今まで我が物顔で商売をしてきた者たちにとって、大変な痛手となります……ウィルムがかつて所属していたバーネット商会も例外ではないはず」

「そうなんだよ……」

追い込まれたバーネット商会が何をしでかすか。

俺とレメットが心配しているのはそこだ。正直、今回の襲撃未遂事件の裏側にも、バーネット商会が絡んでいる気がしてならないんだよな。決定的な証拠はないので断言はできないが。

「まっ、あまり暗いことを考えてもしょうがない。それに、そういうのは本職の騎士団や魔法兵団に任せよう。俺たちは俺たちで村づくりという大事な仕事があるわけだしな」

「それもそうですね」

今回は森で倒れていたスレイさんを保護したことから巻き込まれた事件だった。

こうしたケースは仕方ないにしても、自分から積極的に厄介事へ首を突っ込むようなマネをする必要はない。さっき口にしたように、本来成すべきことに一生懸命取り組めばいいのだ。

「それで、明日からはどうしますか？」

「基本的には変わらないよ。留守の間の進捗状況を確認して、それから港町ハバートまでのルート開拓と村の拡張だ」

アニエスさんからの報告では、今日も七人の移住希望者があったらしい。

全員、俺のかつての常連客の関係者ばかり。

ただ、強引にこの村への移住を勧められたわけではなく、そういう話を聞かされ、最終的に自分の意志で選択したという。

そろそろ店舗も本格的に完成して運営できそうだし、近くにあるベルガン村のアトキンス村長のところに報告に行きたいな。

それに加えて、俺には魔法の修行という新たな日課が加わる。

今のところはろくに戦闘手段がないからな。

これで、少しはみんなの手助けになるといいけれど。

「明日からまた忙しくなるぞ」

村の未来図を想像していると、バーネット商会のことが脳裏をよぎった。

今回の件で、彼らはさらに追い込まれることとなるだろう。瀬戸際に立たされた商会は必ず次の手を打ってくるだろうな……

なんとなくだが、次こそ本気でヤバいことをしてきそうな気がする。

そんなふうに心配していると、レメットが手を振りながら俺を呼ぶ。

「ウィルムさん、大変です！　何者かがやってきて屋敷を破壊しちゃって……クラフトスキルで直してほしいんですけど」

「はあ!?」

俺はクラフトスキルを発動させると、慌ててみんなのもとへ向かうのだった。

学園長のパワハラにうんざりし、長年勤めた学園をあっさり辞職した大賢者オーリン。不正はびこる自国に愛想をつかした彼が選んだ第二の人生は、自然豊かな離島で気ままな開拓生活をおくることだった。最後の教え子・パトリシアと共に南の離島を訪れたオーリンは、不可思議な難破船を発見。更にはそこに、大陸を揺るがす謎を解く鍵が隠されていると気付く。こうして島の秘密に挑むため離島でのスローライフを始めた彼のもとに、今や国家の中枢を担う存在となり、「黄金世代」と称えられる元教え子たちが次々集結して——!? キャンプしたり、土いじりしたり、弟子たちを育てたり!?　引退賢者がおくる、悠々自適なリタイア生活！

●各定価：1320円（10％税込）　●Illustration：imoniii

MUZOKUSEI MAHO TTE JIMI DESUKA?
無属性魔法って地味ですか？ 1～3
「派手さがない」と見捨てられた少年は
最果ての領地で自由に暮らす
著
鈴木竜一
RYUUICHI SUZUKI
無属性魔法って
地味だけど
規格外!!
最果てから始まる
大進撃ファンタジー、開幕！
歩道橋での不慮の事故で意識を失った社畜リーマンの俺。このまま死ぬのか――かと思いきや、気が付くと名門貴族の末っ子、ロイス・アインレットという少年に転生していた。だけど、俺の魔法の素質が「無属性」という地味なものだったせいで家族からの扱いは最悪。役立たずと言われ、政略結婚の道具にさせられてしまっていた。このまま利用されてたまるか！　そう思った俺は、父から最果ての領地をもらい受けて辺境領主として生き直すことに。そして地味だけど実は万能だった無属性魔法を駆使し、気ままな領地運営に挑む！　……可愛い羊や婚約者と一緒に。
1～3巻好評発売中！
◎各定価：1320円（10％税込）　◎illustration：いずみけい

没落した貴族家に拾われたので
恩返しで
復興させます
六山葵
Aoi Rokuyama
魔法の才で偉くなって
没落した実家を
立て直そう!

うだつの上がらないサラリーマン、高柳 陸。かつて異世界を冒険したという過去を持つ彼は、今では普通の会社員として生活していた。ところが、ある日、目の前を歩いていた、3人組の高校生が異世界に召喚されるのに巻き込まれ、再び異世界へ行くことになる。突然のことに困惑する陸だったが、彼以上に戸惑う高校生たちを勇気づけ、異世界で生きる術を伝えていく。一方、高校生たちを召喚したお姫様は、口では「魔王を倒して欲しい」と懇願していたが、別の目的のために暗躍していた……。しがないおっさんの二度目の冒険が、今始まる——!!

●各定価:1320円(10%税込)　●Illustration:岡谷